KB245449

섬은 말이 없다

섬은 말이 없다

황동기 자전에세이

묵묵히 흐르는 압록강에
말없이 누워있는
위화도

선우미디어 sunwoomedia

그리움을 따라가는 추억 여행

― 황동기 자전에세이 ≪섬은 말이 없다≫의 서문에 부쳐

이정림

(≪에세이21≫ 발행인 겸 편집인·수필평론가)

　수필은 어떤 의미에서 자서전이나 같다. 자기가 살아온 삶의 궤적을 돌아보면서 오늘의 내가 있게 된 근원과 잊히지 않는 추억을 찾아내는 문학이기 때문이다.

　운촌(雲村) 황동기 선생의 자전적인 수필들을 보면서 제일 먼저 떠오른 것은 그 옛날 초등학교 교실에 걸려 있던 급훈(級訓), 정직·근면·성실이라는 세 글자였다. 선생의 팔십 평생은 이 덕목을 지키기 위해 애써 노력해 온 것이 아니라, 지나온 삶의 자취를 더듬어보면 그 발자국마다 정직·근면·성실이라는 철학이 맑은 물처럼 고여 있음을 보게 된다.

　선생은 육십 평생을 종이[紙]의 세계에서 사셨다. 대학에 다니면서 제지 공장에서 일한 것이 그의 제지 인생의 뿌리가 된 것이다. 30대 초반에 신설 공장 책임자로 들어가 사무실 구석에서 구

공탄을 피우고 야전용 침대에서 토막잠을 자면서도(〈내 생애 최고의 순간〉) 그는 결코 꿈을 잃지 않았다. 그런 열성이 훗날 한국제지공업 분야에서 기술사 1호라는 영예를 안겨 주었고, 시속 3백 킬로를 달리는 KTX에 탄 듯 그의 제지 인생은 성공 가도를 달린다.

그러나 그 KTX가 50대, 60대를 지날 때는 몰랐으나 70대에 이르자 무언가 허전해졌다. 사느라 힘들었던 시절에는 생각해 본 적조차 없던 그 느린 통학 열차가 갑자기 그리워지기 시작하는 것이었다. KTX에서 내려 소달구지처럼 천천히 달려가던 그 옛날의 통학 열차로 갈아타면 거기에는 그리운 옛 친구들이 기다리고 있을 것만 같고, 검정 교복에 하얀 칼라를 단 여학생을 가슴 두근거리며 바라보았던 그 싱그러운 시절도 다시 만나볼 수 있을 것 같은 생각이 드는 것이었다(〈추억 속의 통학 열차〉).

그래서 선생은 가난해질까 봐 버렸던 첫사랑, 문학과 다시 만난다. 그리고는 시로 등단(2009)하고 내처 시집까지 상재한다. 늦게 만난 만큼 열정은 오히려 뜨거워서 이번에는 수필의 길로 들어선다. 짤막한 시로써는 굽이굽이 살아온 삶의 역사를 죄다 풀어낼 수 없었기 때문이다.

누구나 지난 세월을 돌아보면, 왜 기뻤던 일보다 마음 아픈 일이 먼저 떠오르는지 모른다. 아버지가 돌아가셨다는 것도 모르고 마당에서 팽이를 치던 아이, 어리다고 해주지 않는 상복을 해 달라고 졸라대던 아이, 땅에 떨어진 꽃을 주워 귀에 꽂고 상여 뒤를 졸래졸래 따라가던 일곱 살 어린 상주의 모습은 선생의 추억 속에서 가장 가슴 아픈 장면이다(〈어린 상주〉).

지아비를 여의고 홀로 된 40대 어머니에게 칠 남매는 포도송이처럼 매달린 힘겨운 멍에였다. 그러나 평생을 애지중지 보살피던 막냇자식이 이젠 당신이 없어도 제 몫을 살아낼 수 있다고 생각했는지, 어머니마저 천근 등짐을 내려놓고 세상을 뜨셨을 때, 서른을 넘긴 장정은 천애고아가 된 듯한 슬픔을 처음으로 맛보게 된다. 그러나 세상의 모든 어머니는 떠나셨다고 아주 떠나신 것이 아니듯이, 선생의 어머니 역시 수호신처럼 여전히 아들의 곁을 지키고 계시다(〈한 장의 사진으로 남으시어〉).

사람의 감성이란 후천적이기보다 어쩌면 선천적이 아닐까 싶다. 어려움 속에서도 성공을 이루어 낼 만큼 치열하게 살아온 선생이지만, 그 마음 밑바탕에는 따뜻한 강물처럼 감성이 흐르고 있음을 보게 된다. 그런 감성이 있었기에 4백 명이 넘는 공원(工

員)들을 형제처럼 사랑할 수 있었고, 배신에 대한 원망보다 인간의 도리를 지키려 애썼으며, 기름옷이 어울렸던 기술사를 시인으로 수필가로 만드는 요인이 되었는지도 모른다.

모든 아버지들이 그러하듯, 선생도 '딸바보'에서 예외는 아니었다. 총각 시절, 어느 골목에서 들려오던 아름다운 피아노 소리에 매혹되어 나중에 결혼하여 딸을 낳으면 피아노를 가르치리라 마음먹는다. 마침내 딸 넷을 낳았을 때 그중의 둘에게 바이올린과 피아노를 가르쳐 음악가를 만들고, 몸이 약한 딸이 외국 순회공연을 나갔을 때는 도착지마다 아버지의 편지를 읽을 수 있도록 자상하게 마음을 쓰는 선생이기 때문이다(〈사서 하는 걱정〉).

어려움 속에서도 자신의 일에 최선을 다하여 성공하고, 가족을 사랑하고, 취미를 찾고…. 여기까지는 누구든 마음만 먹으면 성취할 수 있는 삶의 모습이다. 그런데 선생에게는 또 하나의 소망이 있다. 그것은 개인적인 성취에만 만족하는 다른 사람에게서는 쉽게 발견할 수 없는 소망인데, 바로 민족의 통일이다. 이 염원은 소년기부터 마음을 지배하던 것이고, 민족의 통일을 생각하면 가슴이 뜨거워질 만큼 간절하다고 했다(〈하나가 되는 소원〉).

대동강과 한강이 만나 서해로 가듯이, 우리 민족도 한 몸이 되어야 한다는 선생의 생각은 어쩌면 남다른 역사의식에서 비롯된 것일지도 모른다. 선생은 중국에 출장을 가서도 위화도가 내려다보이는 호텔에 묵으며 요동 벌을 포함한 동북삼성이 예전에는 모두 고구려 땅이었다는 것을 상기하고 아쉬움에 젖는다(〈섬은 말이 없다〉). 또한 인조가 당태종에게 무릎을 꿇은 역사의 흔적 삼전도 한비(三田渡汗碑)를 생각하며 치욕을 느끼고, 광복절에 손자와 함께 태극기를 내걸며 나라를 되찾기 위해 항일(抗日) 운동을 벌였던 선조들을 떠올리는 분이기 때문이다(〈항일의 뿌리〉).

이제 선생은 느린 추억의 열차에 올라타 여행길을 떠난다. 그리고 KTX는 서지 않는 간이역마다 흑백사진처럼 서서 선생을 기다리는 사람들을 만나게 될 것이다. 분꽃 향내가 나던 어머니와 찔레꽃 핀 언덕을 달려가던 친구들과 막냇동생이 탄 기차가 보이지 않을 때까지 손을 흔들던 누님과 아버지같이 보살펴 주시던 형님들이 선생을 반갑게 맞이할 것이다. 또한 고단했던 지난날의 삶과 그러면서도 잃지 않았던 젊은 날의 꿈이 금의환향하는 옛날의 청년에게 축하와 위로의 박수를 보낼 것이다.

책머리에

60년 가까이 종이[紙]의 세계에서 세월을 보내고 황혼기에 이르러, 제2의 인생길인 문학의 마을로 들어온 지 햇수로 5년이 되었다. 그동안 시집을 한 권 엮어냈지만 뒤늦게 수필에 입문하게 된 것은 내가 살아온 지난날을 글로 남기고 싶은 마음이 컸기 때문이다.

이제까지 내가 보아온 자서전은 저명인사들이 자신의 업적을 기록한 글들이 대부분이었다. 그러나 나는 좀 다르게 생각한다. 한평생 소박하게 살아온 촌부, 식구들을 먹여 살리느라 구석진 구멍가게에서 땀을 흘려온 사람들, 평생 동안 허리가 휘도록 노동을 하며 살아온 힘든 가장들, 그들이 삶의 건널목을 지나올 때마다 겪은 인고와 애환을 돌이켜보고 기록한다면 그것이 진정한 자서전이 아닐까 싶다.

그런 의미에서 나는 소박하게 살아온 나의 지난날을 글로 쓰고 싶어 수필의 문으로 들어섰다. 그러나 제대로 된 문장을 한 줄 쓰기도 어려운 일인데 하물며 수필의 세계로 들어간다는 것은 나에게는 멀고 먼 산과도 같았다. 오랫동안 품어온 문학에 대한 갈증과 그리움은 가라앉힐 수 있었으나, 좋은 수필을 쓰기란 요원한 일처럼 여겨졌다.

그래도 나는 하루도 쉬지 않고 열심히 글을 썼다. 그리고 포기하지 않았다. 그러다 보니 등단의 영광도 안게 되었다.

내가 이 정도라도 글을 쓸 수 있게 된 것은 무엇보다 산영재 선생님의 정성 어린 가르침과 선배 문우님들의 덕분이라 생각한다. 조금만 더 젊었어도 보다 나은 글을 쓸 수 있을 텐데, 이미 팔순을 넘어선지라 갈 길의 이정표마저 희미해지는 느낌이다.

그런대로 앞부분에는 합평을 받은 글들을 넣고, 뒷장으로 가면서는 내가 살아온 이야기를 두서없이 적었다. 밀려오는 세월에 쫓기는 심정으로 써놓고 보니 수필인지 아닌지 분간조차 하기 어렵지만, 거짓 없는 내 삶의 역사로 봐 주시기만을 바랄 뿐이다.

부족한 글을 아름다운 책으로 꾸며 주신 선우미디어 이선우 사장님께 감사드린다. 그리고 쉰 해가 넘는 세월을 옆에서 뒷바라지하느라 힘들었을 아내에게 고마움을 전한다.

2013. 5. 13. 결혼 51주년을 즈음하여
우면산 자락에서　雲村 황동기

| 차례 |

4부 내 생애 최고의 순간

1부

바느질하던 아이

섬은 말이 없다

중국의 단동 땅에 도착한 것은 땅거미가 서서히 깔리는 초저녁 무렵이었다. 압록강 철교 바로 옆, 강변에 있는 호텔을 찾았다. 주말이라 관광객들로 붐벼 압록강이 내려다보이는 방은 구하기 힘들었다. 서너 곳을 돌아다니고 나서야 겨우 10층에 있는 전망 좋은 방에 들 수 있었다.

방에 들어서자마자 커튼을 활짝 열어 보았다. 행여나 위화도 (威化島)가 보일까 하고. 이 섬을 만나기 위해 심양에서부터 달려오지 않았던가. 이미 어둠이 깔려 섬은 보이지 않고 신의주와 단동을 잇는 압록강 철교만이 눈 아래 펼쳐져 있었다. 단동 쪽에서 뻗어 있는 아치형 교각은 오색 형광등으로 휘황찬란한데 나머지 북한령인 절반은 희미한 철골의 모습뿐이었고, 신의주 시내 쪽은 칠흑 같은 어둠 속에 반딧불만한 흐린 불빛이 가물거리고 있었다.

그곳을 바라보는 내 마음은 안타깝기 그지없었다.

나는 위화도를 머릿속에 그리며 잠자리에 들었다. 이튿날, 아침 식사를 마치자마자 강변으로 나가 보니 맑은 날씨에 많은 관광객들로 시끌벅적했다. 철교에서 상류 쪽으로 7, 8분 걸어갔을 때 나도 모르게 갑작스레 그 자리에 멈춰 섰다. 눈앞에 보이는 것이 북한 땅인 위화도였으니…. 그 섬은 마치 개발하기 전의 황폐했던 여의도를 마포에서 바라보는 느낌이었다. 역사의 유적지라 그대로 보존하고 있는 것일까, 아니면 개발의 여력이 없어 손을 대지 못하고 있는 것인가, 잠시 생각해 보았다.

위화도는 여의도보다 좀 길어 보이나 모양은 비슷했다. 오른쪽으로 거목으로 자란 십여 그루의 미루나무가 섬을 지키는 첨병(尖兵)처럼 보였다. 사람도 집도 작물도 아무것도 보이지 않고, 잡초가 우거진 섬엔 적막감만이 감돌았다. 그 정경을 바라보고 있노라니 역사의 뒷전에 버려진 듯하여 마음이 허전하고 서글퍼졌다.

문득, 아픈 역사 한 토막이 아련히 떠오른다. 요동 벌이 이렇게 가까운 땅인 것을, 10만 대군을 이끌고 여기까지 와서 회군(回軍)해버린 한 장수(將帥)…. 위화도 위쪽에는 일곱 개의 작은 섬마저 있어 상륙작전에 징검다리 노릇을 할 수도 있었을 것이라 생각하니 실지(失地) 회복에 대한 아쉬움이 더욱 간절했다.

꺼져가는 왕조의 신하였던 그 장수는 회군의 결정만이 백성들을 평안하게 하는 길이라고 확신했던 것일까. 그러나 나는 그가 정권에 야욕이 있어 실지 회복을 포기한 건 아닐까 하는 아쉬움 또한 지울 수가 없다. 그 진위가 어디에 있었는지는 역사 속에 영원히 묻혀 있을 뿐, 나로서는 알 수가 없다. 맥 빠진 사람처럼 강 둔치에 앉아 아쉬움에 젖어 있으니 그동안 내가 밟아온 요동 벌이 떠오른다.

그 땅에 대하여 내가 관심을 갖게 된 것은 중학교 역사 시간, 선생님으로부터 요동 벌을 포함한 동북 삼성이 모두 고구려 땅이었다는 것을 배우면서부터였다. 그 후 죽(竹)의 장막에 갇혀 있던 시기에도 왠지 요동 벌에 대한 관심은 나의 가슴속에서 지워지지 않았다. 그래서 언젠가는 그 땅을 찾아 조상들의 발자취를 낱낱이 살펴보리라 마음먹었다.

1992년 한·중 수교로 그 장막이 걷히던 이듬해, 나는 드디어 사업차 요동을 방문할 기회를 갖게 되었다. 그토록 그리던 땅에 처음 발걸음을 내딛는 순간, 설레는 마음과 함께 눈에서는 감격의 눈물이 핑 돌았다.

목재와 활석을 수입하느라 요동 땅을 드나들던 그 시절, 숙소에서 창문을 열면 온 산에 벌집을 뚫어놓은 것 같은 광구(鑛口)가 눈에 들어왔다. 그 광경을 바라보고 있으면 '저것도 옛날엔 모두 우리의 것이었을 텐데.' 하는 아쉬움을 지울 수가 없었다.

고구려 7백 년 역사의 숨결이 서려 있는 광활한 요동 벌판을 달리며, 차창 너머로 끝없이 이어진 옥수수의 푸른 물결을 보노라면 이 풍성한 땅이 옛 고구려의 영토였음이 떠올라 가슴이 자꾸만 벅차오르곤 했었다. 산과 들의 풍경, 나무와 풀잎 하나하나의 모양까지 우리의 것과 닮아 있고, 만나는 사람들도 비슷하여 타국이란 느낌이 들지 않았다. 때로는 골목길을 돌아다니다가 잘 다듬어진 돌멩이 하나라도 보면 옛 선조의 혼이 서려 있는 성곽의 잔해가 아닌가 하여 애착을 느끼곤 했고, 그때마다 이 벌에 있었던 평양성을 위시한 안시성 등 십여 개의 성터를 상상해보기도 했다. 사업상 수없이 요동 땅을 밟으면서도 나는 이런 생각과 감격에서 벗어나 본 적이 없었다.

어느덧 해는 중천에 떠올랐다. 한때 요동 벌 회복의 전초지였던 위화도를 새삼스레 바라본다. 그 옛날, 용맹한 병사들이 집결해 있었을 이 섬. 여기까지 행군해 오며 그 넓은 요동 벌을 한없이 달리고 싶어 했을 말들의 울음소리가 내 귓전을 애처롭게 울리고 있다.

유유히 흐르는 강물 속에서 조용히 누워 있는 위화도. 옛날엔 우리 땅이었던 이 요동 벌을 지금 이국의 땅으로 밟고 다니는 나의 아쉬운 심정을 알기나 하는지, 섬은 아무 말이 없다.

한 장의 사진으로 남으시어

거실에 어머니의 사진을 걸어 놓았다. 한 자 정도의 크기인데 바로 그 아래에 앉아 책을 읽거나 글을 쓰면 어머니는 미소 띤 눈빛으로 나를 내려다 보신다.

세상을 떠나신 후 사진과 함께 손때가 묻어 있는 경전(經典), 염주, 돋보기 등 당신의 유품을 소중하게 보관해 왔었다. 어머니가 그리울 땐 사진을 보기도 하고 그 물건들을 어루만지며 마음을 달래기도 했었다.

그러던 어느 날 우리 아파트 바로 아래층에서 불이 났다. 그 불은 우리 층까지 올라와 어머니의 유품을 모두 태워 버렸다. 타버린 가구들이야 보험으로 보상을 받을 수 있었지만 천금보다 소중한 그 유품들은 되돌려 받을 수도, 새로 만들 수도 없다는 것이 너무도 안타까웠다. 그때 작고하신 형님께서 가지고 있던 사진을 내 거실에 다시 모시게 된 것이다. 특별한 신앙이 없는 나는 무슨 일이 있을 때에는 가끔 어머니 사진을 바라보며 "이 일이 잘되게 해 주십시오." 하고 마음속으로 빈다. 어머니가 40초반, 내가 일곱 살이 된 봄에 아버지가 세상을 뜨셨다. 홀로된 어머니에겐 우리 칠 남매가 포도송이처럼 매달려 있었다. 겨우 맏딸 하나 시집보내고 아직도 어린 올망졸망한 육 형제는 혼자되신 어머니에겐 감당하기 힘겨운 멍에였으리라.

"이 어린 새끼들을 나 혼자 어찌하라고 그리 일찍 떠나 버렸소?" 하고 간간이 읊조리던 그 애달픈 소리는 지금도 나의 귓가에 쟁쟁하다. 그래도 다행이었던 것은 아버지가 평생 한학을 하시면서 남겨 놓으신 얼마간의 재산이었다. 하나 그 재산은 우리 형제들을 책임져 주지는 못했다. 고을고을에 있던 논들은 스무 살의 큰형님과 머슴 아저씨의 몫이었고, 텃밭, 구석밭, 뽕나무밭 등 대여섯 군데에 널려 있던 밭은 어머니의 호미 자루에 매달리게 되었다.

어머니는 이 밭에서 날마다 샛별을 머리에 이고 밭에 나가 땅거미가 질 때까지 일을 하셨기에 거친 밭에서 닳아빠진 호미 자루는 헤아릴 수가 없었고, 손바닥은 옹이 투성이가 되었다. 한시도 마를 사이 없는 눈물과 땀으로 젖은 어머니의 품안에서 우리 형제는 학교를 다니며 성장했다. 생각해 보면 어머니는 옛날 분이셨지만 의지가 굳고 지혜로운 여성이었다.

농촌의 겨울은 휴식의 계절이건만 어머니에게는 쉴 틈이 없었다. 여섯 형제들의 바지저고리를 만들기 위해 늦은 가을부터 길쌈을 시작해야만 했다. 달달달 돌아가는 물레 소리와 찰칵찰칵 넘어가는 베틀 소리는 겨울밤의 고요를 깨고 밤새 창밖으로 새어 나갔다.

막내라서 어머니의 품에서만 잠드는 것이 습관이 되어 있던 나는 이불 속에서 뜬눈으로 어머니가 베틀에서 내려오시기를 기다렸고, 어쩌다 일찍 잠자리에 드실 때에는 그렇게 좋을 수가 없었다. 외로움을 달래려고 원불교(圓佛敎)에 심취하셨던 어머니는 잠자리에 들기 전 늘 반야심경(般若心經)을 외우셨다. 나는 이불 속에서 그 소리를 귀담아 들으며 맨 끝 절인 '모지사바하(菩提沙婆詞)'만을 기다렸다. 그 끝 절이 끝나면 이불 속에 드셨기 때문이다.

6·25전쟁이 일어나고, 그 혼란 중에 대학에 입학한 나는 집안의 도움을 받을 수 없게 되었다. 그래서 제지 공장에서 일을 하며 학교를 다녔는데 일 년간은 혼자 자취를 했고, 그 후 삼 년 동안은 어머니가 공장이 있는 군산에 오셔서 밥을 해 주셨다. 엄동설한 서해 바다에서 사나운 바람이 휘몰아치는데 처마도 바람막이도 없는 셋방에서 시린 손을 따뜻한 밥솥에 녹여 가며 졸업 때까지 고생을 하셨다.

어머니의 그런 정성 때문이었을까. 나는 30대 초반에 공장의 책임자가 되었다. 그것으로 그동안 어머니에 대한 불효의 짐을 조금은 벗는 듯싶었는데 그것도 잠깐, 어느 날 비보가 날아 왔다. 어머니가 세상을 뜨신 것이다. 허탈과 슬픔은 형언할 수 없었다. 그때 어머니 연세가 일흔 넷이었다. 더 사실 수도 있었던 연세라서 너무도 아쉬웠고, 그때 내 나이 서른이 넘었지만 천애의 고아가 된 심정이었다.

그 시절 어머니들이 그러했듯이 우리 어머니는 당신의 모든 것을 소진하며 자식들을 지켜 내시고, 스스로를 위해서는 아무것도 누리지 못한 채 인고의 생을 마감하셨다. 평생을 애지중지 보살피던 막냇자식이 이제 당신의 도움 없이도 제 몫의 삶을 살 수 있다고 생각하셨는지 천근 등짐을 내려 놓으시고, 생전에 그리도 그리워하셨던 아버지 곁으로 홀홀히 떠나신 것이다.

나는 지금도 그리움으로 목이 메고, 어머니의 마음을 뿌듯하게 해 드리지 못한 회한으로 가슴이 아리다. 비가 오나 눈이 오나 자식을 지켜 내시느라 깃털처럼 가벼워진 몸으로, 이승을 떠나 이젠 액자 속 사진으로 남아 나를 지키시는 어머니….

오늘도 어머니의 사진을 바라보며 그리움에 젖는다.

외손녀와 방앗공이

배고프지 않기 위해/ 나무껍질 벗기고/ 단무지만/ 씹어 삼키던 소년/
이제 모든 것을 갖게 되자/ 귀밑에 하얀 눈이/ 수북이 내려앉았다/
그래도 아직 꿈이 있다/(이하 생략)

　　　　　　　　　　　　　　　　－ 진서윤 〈한없이 늙었어도 꿈은 있다〉

이 시는 이제 고등학생이 된 외손녀가 나를 생각해 쓴 것이다.
나는 딸만 넷이고 여덟 명의 외손자와 손녀가 있다. 그들을 사
랑하는 내 마음의 샘은 똑같이 깊다. 그러나 첫 외손녀 서윤이를
더 귀여워하는 데는 나름대로 이유가 있다. 애지중지 기른 네 딸
들을 모두 출가시키고 커다란 집엔 우리 부부만 남았다. 누구나
나이가 들면서 어쩔 수 없이 겪는 일이지만 날이 갈수록 외로움만
쌓이고 그들이 쓰던 방안의 체취에 허전함만 더욱 쌓여갔다.

그러던 어느 날 너무도 즐거운 일이 생겼다. 낳은 지 7개월 된 서윤이가 런던에서 날아 왔다. 신랑과 함께 런던에 유학중인 큰딸아이가 학위를 준비하느라 제 딸을 우리에게 보내온 것이다. 아직 걷지도 못하고 말도 못했지만 나날이 늘어 가는 재롱은 나의 외로움을 덜어 주기에 충분했다. 나는 퇴근하기가 바쁘게 집으로 달려와서 밥도 먹여 주고 저녁마다 데리고 잤다. 두서너 살이 되어서는 온 집안은 제 것이었고 아직 다른 손자들이 태어나지 않은 때라 우리의 사랑을 독차지하였다. 내가 아침에 출근할 때가 되면 눈치를 채고 미리 현관 쪽에 가서 쪼그리고 앉아 있다가 못 나가게 내 다리를 붙들고 울었다. 어느 때는 할 수 없이 회사에 데리고 나갔던 적도 있었다. 더구나 가장 어려웠던 일은 이따금 제 어미를 부르며 우는 것이었다. 그때마다 나는 아이를 안고 창문으로 밖을 보며 "어미야 빨리 와라." 하고 달랬으나 어린 것이 너무나 안쓰러워 목울음을 삼키곤 했다. 그동안 아무리 할아비와 정이 들었다 해도 어미를 찾는 것은 아이의 본능이리라.
　네 살 되던 해에 큰딸이 런던에서 학위를 받고 사위와 같이 귀국했다. 이제 저희들의 집으로 손녀를 데리고 간다고 했다. 나는 손녀를 보낼 수가 없었다. 그동안 우리 부부는 그 애 하나를 낙으로 삼고 살았기 때문이었다. 결국 낙담하는 아비의 심정을 헤아린 딸이 저희 집은 전세를 주고 우리와 같이 살기로 결심을 했다.
　서윤이가 중학교 2학년 때였다. 이번엔 딸이 일 년간 미국에

교환교수로 가게 되었다. 아이들을 데리고 가서 영어 공부를 시킨다는 것이었다. 그때는 어쩔 수 없이 보내야만 해서 인천공항에 가서 떠나 보냈는데, 허전함이 걷잡을 수 없이 밀려왔다. 집에 돌아오자마자 벽시계를 눈에 바로 보이는 곳에 걸어 놓고 미국 텍사스 주의 시간으로 맞추어 놓았다. 문자판 위에 두 손녀의 얼굴이 아른거렸고, 날마다 그 시계 바늘에 따라 전화를 걸어 목소리를 듣고 그리움을 달래었다.

그즈음, 서윤이의 중학교 친구를 거리에서 만났는데 서윤이와 가끔 전화 통화를 한다고 했다. 나는 그 친구에게 내 국제전화 스마일 카드의 번호를 알려주고, 서윤이가 외로울 테니 나의 카드번호를 사용해서 부담 없이 날마다 통화를 하라고 부탁했다. 흐르는 세월은 빠르건만 기다리는 세월은 너무도 느리고 지루했다. 기다림의 안타까운 일 년이 지나 모두가 돌아왔다. 집안 가득 생기가 돌고 나의 마음도 안정을 되찾았다.

이제 그 손녀가 내년이면 대학생이 된다. 며칠 전 내게 시 한 편을 가지고 왔다. 교내 글짓기 대회에서 입선을 한 작품인데 주제는 늙은 외할아버지의 과거와 아직도 꿈을 갖고 사는 것에 감탄을 하는 내용이다. 이 글을 읽는 나의 마음은 너무도 흐뭇했다.

"외손자를 귀여워하느니 방앗공이를 귀여워하라."는 옛말이 있다. 이는 방앗공이는 곡식이라도 빻아서 도움을 주지만 외손자는 아무리 잘 거두어도 후에 덕을 보지 못한다는 의미일 것이다.

하물며 외손자도 아닌 외손녀들을 그렇게 귀여워하는 나를 옛 사람들이 본다면 "저 사람 헛짓 무던히 한다."고 할까. 그러나 외손 주들에 대한 나의 헛짓은 언제나 가슴을 설레게 하고 행복을 가져 다준다.

여의도의 정

　이따금 아파트 옥상에 올라가면 그 옛날 모래밭에 푸른 잎새들이 물결치던 정경과, 우리 부부를 태우고 활주로를 달려 오르내리던 비행기의 모습이 떠오른다.

　결혼한 지 십 년이 되던 해, 아직도 늦추위가 남아 있던 이른 봄날이었다. 아내를 따라 여의도에 살고 있는 아내의 직장 동료를 방문했다. 그의 집은 여의도에 처음으로 지은 시범아파트였다. 온 집안이 훈훈하여 집 주인은 여름날인 양 반팔 옷에 반바지를 입고 있었다. 그 모습을 보니 추운 방에서 웅크리고 사는 딸아이들의 안쓰러운 모습이 떠오르고, 집안을 둘러보니 맞벌이 부부로서는 여러 모로 편리한 생각이 들어 그 날로 이사하기로 마음을 먹었다.

　하나, 살고 있는 집보다 몇 배나 비싼 아파트로 옮기는 것은 우리로서는 쉬운 일이 아니었다. 노량진의 집을 팔고, 십여 년 동안 둘이서 열심히 벌어 놓은 것을 긁어모아, 딸 넷을 앞세우고 이사를 했다. 그 불편한 집에서 살다가 아파트로 온 아이들은 너무도 즐거워했다.

큰딸이 초등학교 3학년 때였다. 학교는 새로 지은 아파트촌에 있어 주위는 깨끗하고 조용했으며, 아이들에게 좋지 않은 영향을 줄 위락시설도 없어 교육적으로도 좋았다.

아이들이 중학교에 다니고 학비가 눈덩이처럼 늘어나기 시작할 무렵, 나는 다니던 공장을 퇴직하고 자그마한 개인 회사를 설립했다. 한두 해가 지나면서 사업은 예상외로 성장하였다. 아이들이 고등학교와 대학에 줄줄이 다닐 때에도 어려움 없이 뒷바라지해 줄 수 있었다. 넉넉지 못한 집안 살림을 꾸려 나가며 직장에 매달렸던 아내도 한결 여유로워졌기에, 나는 밤낮없이 뛰어다녀도 피로한 줄을 몰랐다. 그 후 딸들은 모두가 장성하여 가정을 이루고 나의 주위에서 살며 사회생활을 하고 있으니 여의도로 이사 온 것을 다행스럽게 생각하였다.

우리가 여의도로 이사 오기 십여 년 전부터 이곳과 인연이 있었다. 그때의 여의도는 옥수수와 땅콩 밭이었고, 강 둔치에는 갈대와 갯버들이 우거져 들새들의 서식처이기도 했다. 그 서남쪽에 공군의 활주로가 있었는데, 대한항공의 전신인 대한국민항공(KNA)과 같이 사용하고 있었다. 우리는 결혼식을 마치고 그 유서 깊은 여의도 비행장에서 KNA를 타고 해운대와 경주로 신혼여행을 다녀왔었다.

어느덧 모래밭과 활주로는 아파트 숲으로 바뀌었고, 강변의 둔치는 아름다운 공원으로 변모했다. 강변 따라 늘어져 있는 공원의 잔디밭 산책길을 나는 거의 매일 한 시간씩 걷는다. 흐르는 한강물을 바라보며 걷고 있으면 모든 잡념은 강물 따라 흘러가고, 더러는 노을 깔린 서해 바다에 태양이 기울고, 당인리 발전소의 굴뚝에서 하얀 수증기가 연기처럼 노을로 피어오르면 시정(詩情)에 젖기도 한다.

몇 해 전 늦가을이었다. 공원의 산책 길섶 잔디밭에 낯선 시비(詩碑)가 우뚝 세워져 있었다. 이는 분단된 조국의 통일을 염원하는 시비로서 또 하나의 여의도 친구가 되었다.

십여 년 전이었다. 딸들의 권유로 우면산 자락에 새로 지은 현대식 아파트를 가 보았다. 지은 지 30년이나 된 여의도의 집과는 비교가 안 될 정도로 고급스러웠다. 아내와 딸들의 재촉으로 자의반 타의반으로 계약을 했다.

입주 날이 다가오자 마음의 갈등이 일기 시작했다. 밤잠조차 설치기 일쑤였다. 여의도의 좋은 생활환경과 그동안 쌓인 이런저런 정들이 떠올랐기 때문이었다. 또한 그동안 결혼한 딸네들을 포함한 우리 다섯 식구가 아무 일없이 순조롭게 살고 있는 이곳은 우리에게 최고의 명당자리라는 생각이었고, 더욱이 딸들을 두고 우리 부부만 떠나고 싶은 생각이 없었다. 결국 이사를 단념하고 새 집은 전세로 내주고 말았다.

그렇게 끝내고 나니 심한 홍역을 앓고 난 느낌이었다. 누구나 나이가 들면 새로운 것에 적응하기보다 옛것에 애착을 더 갖게 되는 것인가 보다.

이곳에 산 지 어언 40년, 정든 이웃들은 새 집을 찾아 하나 둘 떠나 아쉽지만, 사람은 정과 사랑으로 사는 것! 나는 언제까지나 여의도를 떠나고 싶지 않다.

바느질하던 아이

　밤사이 내린 눈에도 아랑곳하지 않고 산책길에 나섰다. 흩날리는 눈송이를 안고 한강은 묵묵히 흐른다. 하얗게 쌓인 눈길 위에 발자국을 남기며 나도 말없이 길을 걷는다. 이른 아침, 강변 산책길을 울리는 나의 발소리는 나를 소년 시절로 데리고 간다. 함박눈이 쏟아지는 동진강 줄기 강변길을, 바늘 한 개를 사들고 뽀드득뽀드득 짚신 소리를 내며 걸어가던 소년.

　나의 유년기는 일제 강점기였다. 가을에 추수가 끝나면 일제는 공출(供出)이란 명목으로 추수한 대부분의 벼를 수탈해 갔다. 농촌의 생활은 말할 수 없이 어려웠고 다음 해 보릿고개를 넘기기도 힘들었다. 그래서 길쌈을 하여 만든 삼베나 무명옷감도 대부분 팔아서 생활비로 썼기에 옷감도 부족하여, 옷이 찢어지고 떨어지면 몇 번이고 꿰매어 입어야 했다.

신발도 변변치 못하여 차가운 아침 서리 내린 황톳길을 맨발로 다니기도 했다. 더러 새 짚신을 신게 되면 오래 신을 수 있도록 헌 타이어 조각을 주워 가위로 오려서 가는 철사로 짚신 바닥에 얽어매어 신고 다녔다. 추위를 막기 위하여 여인네들은 앉기만 하면 토막실이라도 주워 모아 장갑이나 목도리를 뜨고 낡은 옷을 꿰매었다. 더러는 사내아이들도 장갑이나 양말을 뜨곤 했는데, 나는 뜨개질뿐 아니라 바느질도 좋아했다.

어느 날, 친구들과 동리 잔디밭에서 엎치락뒤치락 붙들고 노는데 저고리 왼쪽 옆구리가 쭉 찢어졌다. 집에 들어가서 어머니에게 꾸중을 들을까 봐 이야기를 못했다. 고민이었다. 여벌의 옷만 있었더라도 바로 갈아입고 형수에게 슬쩍 꿰매 달라고 했을 것이다. 조심스레 살펴보니 어머니와 형수는 헛간에서 일을 하고 있었다. 나는 형수 방에 살그머니 들어가 반짇고리를 뒤져 몰래 바늘과 실을 가지고 나왔다. 사내놈이 바느질이나 한다고 어머니께 꾸중을 들을까 봐 도둑고양이마냥 뒷광으로 들어가 항아리 뒤에 숨어 앉아 옷을 꿰매었다. 바느질은 어렵지도 않고 재미있었다.

그 후에도 나는 저고리 안쪽에 주머니를 달아서 딱지나 구슬 같은 것을 불룩하게 넣어 가지고 다녔고, 버선이 찢어지거나 옷고름이 떨어져도 직접 꿰매었다. 그러느라 어머니와 형수의 바늘을 수없이 가져다가 부러뜨렸고, 반짇고리를 헝클어뜨렸으며, 헝겊 조각을 찾느라 농 속을 뒤져 놓기도 했기에 어머니와 형수는 내가 바느질 하는 것을 무척 못마땅해 했다.

어느 눈 내리는 날 아침이었다. 일어나 보니 한쪽 옷고름이 떨어져 있었다. 가지고 있던 바늘로 꿰매는데 딱딱한 골무를 잘못 눌러 바늘이 부러졌다. 창문을 열고 보니 어머니와 형수는 마루에서 맷돌질을 하고 있었다. 다가가서 바늘 한 개를 달라고 했더니 없다고 하면서, 그놈의 바늘 부러져 시원하다는 듯이 서로 눈을 마주 보며 빙그레 미소만 짓고 있었다.

떨어진 옷고름을 그대로 두자니 아무래도 마음이 편치 않았다. 나는 아침을 먹고 나서 아무에게도 말하지 않고 핀으로 저고리를 여미고는 목도리를 두르고 집을 나섰다. 읍내로 바늘을 사러 간 것이었다. 김제읍까지는 십 리 길 왕복 두어 시간이 걸리는 거리였다. 조금만 참고 기다렸으면 어머니나 형수가 어련히 알아서 달아 주었으련만, 무엇이 그리 급해서 눈 오는 먼 길을 다녀 올 생각을 했을까. 아마도 가지고 있는 여분의 바늘을 찾아내 주지 않아 서운했던 마음이 작은 반항심으로 나타났던 것 같다. 거기에 하고 싶은 일은 내 스스로 해내고야 만다는 어린 고집도 작용했으리라.

쉼 없이 쏟아지는 눈길을 헤치고 읍내에 가서 바늘 한 개를 사서 들고 다시 눈보라를 맞으며 되돌아왔다. 호남 들의 젖줄인 동진강 줄기의 강변길을 뽀드득뽀드득 짚신 소리를 내며 돌아오던 길이 지금도 선명하게 떠오른다.

집에 돌아와 옷고름을 달아 입고 나서야 식구들은 내가 밖에 나갔던 이유를 알게 되었다. 막내라는 핑계로 집안일엔 손가락 하나 움직이지 않던 내가 어찌 바느질에는 재미를 붙이고 쪼그리고 앉아 찢어진 것들을 꿰매었을까. 아무리 생각해 보아도 모를 일이다. 어머니는 내가 꼼꼼히 달아놓은 옷고름을 보시고는 "차라리 계집애로 태어났으면…" 하고 웃으셨다. 덕분에 집안은 온통 웃음판이 되었으니, 지금 생각해 보면 마치 전설 속의 이야기만 같다.

누님의 강

대학교 1학년 때 학비를 벌기 위해 군산의 제지 공장으로 떠나는 날이었다. 누님은 나의 이불보를 머리에 이고 기차역까지 따라 나오셨다. 앞치마 속주머니에서 꾸겨진 돈을 꺼내어 김제에서 군산 가는 기차표를 사주셨다. 고학 길을 떠나는 막내 동생이 안쓰러워 달리는 기차의 꼬리가 사라질 때까지 눈물바람으로 출찰구에 서서, 잘 가라고 손을 흔들던 그 모습이 지금도 눈에 선하다.

칠 남매 중에 맨 위의 고명딸인 누님은 나보다 열여섯 살이나 위였다. 나이 차가 많았기에 어머니 같기도 하여 내가 성장하는 동안 많은 사랑을 주셨다. 그러던 누님도 세월에는 어쩔 수 없어 십여 년 전에 세상을 뜨셨다.

노령산맥 끝자락, 모악산 줄기 흘러 내려오다 멈춘 듯한 두메 산골, 김제군 황산면 하송리, 이곳이 누님이 사시던 곳이었다.

동리 앞은 야산 줄기의 계곡에 매달린 천수답들이 늘어져 있고, 옆 뒤로 둘러싸인 야산엔 해묵은 노송들이 마을을 지키고 서 있었다.

누님의 집은 이 마을의 앞자락, 고래실 언덕 위에 자리한 아담한 초가집이었다. 사립문 안에는 한 그루의 앵두나무가 서 있었다. 나의 키로 두 배 만한 높이에 여름이면 홍옥같이 붉은 앵두가 주렁주렁 매달려 유년 시절의 나를 매혹시켰다. 그래서 나는 앵두가 열린 여름이면 이십여 리나 되는 길을 자주 찾았다.

산새들이 우짖는 성황당고개를 넘어 공동묘지를 가로질러, 뙤약볕 쏟아지는 황토 길을 맨발로 소달구지 뒤따라 뛰어가면 삼베 저고리는 땀으로 흠뻑 젖었다. 그 꿀맛 같은 앵두를 조카딸들과 배가 부르도록 따 먹고 나면 누님은 집에 가서 형들과 나누어 먹으라고 삼베 저고리 양쪽 호주머니에 가득히 따 주었다.

집으로 돌아올 때는 서두를 것이 없었다. 길섶에 우거진 억새 풀잎을 손으로 꺾어 부러뜨리기도 하고 콧노래를 부르며 걸었다. 쉴 새 없이 앵두 씨를 뱉어내며 성황당고개를 넘을 무렵이면 해는 서산에 기울고, 앵두로 불룩했던 양 호주머니는 홀쭉해진다.

누님은 봉건적인 시골 집안의 장손 며느리로 시집을 갔다. 그때는 모두가 딸보다 아들을 바라는 시대였다. 전통적인 관습상 자기의 대를 물리고 늙어서는 자신의 생활을 의지하기 위해서였다. 그래 아들이 없는 사람은 실의에 빠진 듯한 생활이었다.

여자의 경우는 시집을 가서 아들을 낳아야만 비로소 며느리의 구실을 했다 할 수 있었고 딸만 낳을 경우는 집안에서 냉대를 받기 마련이었다. 그런데 누님은 첫딸을 시작으로 내리 여덟을 딸만 낳았으니 그동안 맏며느리로서 시집에 대한 죄책감과 마음의 고통은 얼마나 컸으랴.

그런 중에서도 누님은 홀로되신 친정어머니와 올망졸망한 여섯 명의 친정 동생들을 보살피느라 하루가 멀다 하고 친정을 찾아왔다. 올 때에는 20여 리나 되는 먼 길을 빈손으로 오지 않았다. 시루떡을 만들어 소쿠리에 넣어 머리에 이고 오고 여름철에는 하다못해 몇 개의 참외를 들고 오기도 했다. 거기에는 그것을 조금도 싫어하지 않고 이해해 주시는 매부의 너그러운 마음이 있었던 것이다. 또한 명문 집안의 장자로서 아들을 못 낳으면 소실을 얻는 것이 그 시대의 관행이었는데, 딸만 여덟인데도 그러지 않았던 것은 드문 일이었다. 그래서 우리는 매부를 존경했다.

어머니는 누님에게 태기가 있을 때마다 아들을 낳게 해 주시라고 새벽바람도 아랑곳없이 장독대에 정화수 떠놓고 산신령께 빌었다. 금이야 옥이야 하고 기른 외동딸, 남의 집 큰며느리로 시집보냈으나 그 흔한 아들 하나 낳지 못하니 친정어미로서 그 근심은 말할 수 없었을 것이다.

삼신할미도 미안하였던가, 누님은 아홉 번째와 열 번째에 두 아들을 낳았다. 아들을 낳았다는 소식에 어머니가 흘린 기쁨의 눈물은 앞치마 자락을 다 적셨다. 드디어 마음의 죄책감에서 풀려난 누님은 세상 모든 어머니들이 그러하듯 사랑과 정성으로 열 남매를 모두 건강하고 훌륭하게 키우셨다.

친정어머니의 뒤를 따라 일원상(一圓相)에 심취하셨던 누님. 평생을 누구에게도 얼굴 한 번 찌푸리지 않고 자녀들에게 큰소리 한 번 안 치고 사셨다. 삶을 거스르지 않고 아무리 큰일이 닥쳐도 담담하게 그 일을 해결하셨던 그 가슴속에는 이 세상 어느 강보다 더 넓은 강물이 흐르고 있었던가 싶다.

이제 또 한 해가 저물어 가는 늦은 가을, 나는 흰 국화꽃을 한아름 들고, 내 가슴을 타고 흐르는 누님의 강을 만나고 싶다.

추억 속의 통학 열차

옛 친구들을 만나러 내려가는 고향길이다. 시속 3백 킬로로 달려가는 KTX의 차창 밖을 바라보고 있으려니, 60여 년 전 중학교 시절, 기적소리 울리며 거북이걸음으로 호남 들녘을 헤집고 달리던 통학 열차의 생각이 난다.

해방 직후 어렵고 가난하던 시절이다. 차관 자금으로 미국에서 수입해 온 기관차는 모두가 60년도 더 된 중고품이었다. 같은 돈으로 사온 것이지만 빌렸다는 약점 때문에 할 수 없이 낡은 것이라도 가져와야 했으니 그것은 가난했던 나라가 겪어야 했던 슬픔이었다. 시속은 보통 40킬로였는데 조금만 높은 고개에서도 힘이부쳐 소달구지가 고갯길 올라가듯 헐떡거리며 달려야 했다. 얼굴이 까맣게 된 기관사들은 비지땀을 비 오듯 흘리며 쉴 새 없이 화구(火口)에 석탄을 퍼 넣기도 했다.

김제에서 학교가 있는 이리(지금의 익산)까지는 50리 길인데도 30분이나 걸렸고 도중에 고장이 나기라도 하면 한 시간 이상 걸렸다. 그래도 먼 거리를 하숙하지 않고 시골집에서 통학할 수 있어 그나마도 다행이었다.

　그러나 학기말 시험 때에는 시간을 절약하기 위해서 기차 통학을 하는 같은 반 친구들 네 명이 한방에서 일주일 동안 하숙을 했다. 학교에서 가까운 집은 하숙비로 쌀이 한 말(열 되)이었고, 변두리는 다섯 되였다. 우리는 다섯 되 하는 송만리에 방을 정했다. 송만리는 철로변 석탄 야적장 옆에 있어 비가 오면 새까만 석탄물이 흘러나와 온 동네가 검정 물로 넘쳤다. 아궁이에 지피는 땔감은 기관차에서 버린 석탄 더미에서 타다 남은 것을 골라와 사용했기에 집들은 모두 검게 그을려 있었다.

　추운 겨울철, 외풍은 심하고 아궁이 쪽만 미지근한 방은 오히려 우리의 체온 덕을 볼 정도였다. 식사는 시래깃국에 김치깍두기였고 고기란 멸치꼬리도 구경할 수가 없었다. 그래도 그때 그 밥맛은 지금의 어느 성찬에도 비교할 수 없다.

　통학 열차는 학생들의 전용차 같아서 일반 승객은 별로 없었다. 하나, 익산이나 김제 등의 장날이면 짐을 가진 사람들로 붐벼 화물차 같았다. 그들은 대부분 시골 아낙네들이었는데, 잡곡류, 채소, 마늘 단, 건어물 등 더러는 축산물도 있어 차 안은 마치 시장처럼 시끌벅적했다. 그래도 거기엔 소박한 정이 흐르고, 농촌에서 자란 우리는 그 정경에 익숙해 있었다.

열차의 출발 시간이 가까워 오면 승강구마다 장꾼들로 붐빈다. 그때 미리 타고 있던 우리는 유리창 너머로 그들의 짐을 받아 올려 주기도 하고 앉은 자리를 양보해 주기도 했다.

통학 열차는 귀가 때 제 시간에 출발하는 것은 가뭄에 콩 나듯 했고 보통 두서너 시간씩, 가끔 기관차를 수리할 때는 네댓 시간도 늦어 집에 돌아오면 자정이 넘었다. 그러니 다음 날 아침은 늦잠을 자게 되어 기차역까지 늘 뛰어다니기 일쑤였다.

그 무렵 오후 세 시에 익산역을 출발하는 서울발 목포행 급행 열차가 있었다. 우리는 빨리 집에 갈 욕심으로 모자는 벗어 가방 속에 넣고 몰래 역에서 빠져나가 무임승차를 하고, 차표를 조사할 때는 화장실에 들어가 안에서 문을 잠그고 한참을 숨어 있었다. 더러는 일찍 출발하는 임시 화물 열차도 몰래 타고 다녔다. 내릴 때에는 도착하기 전 몇 백 미터 거리에서 기차가 서행을 할 때 뛰어내려 도망을 쳤다.

수업이 오전에 끝나는 토요일에는 더러 익산역에서 우리 집이 있는 김제까지 60여 리의 거리를 걸어서 오기도 했다. 그래도 해가 지기 전에 집에 올 수 있기 때문이다. 악취가 코를 찌르는 기차 화장실과 화물차 안에서 도둑고양이처럼 웅크리고 앉아 있는 것도 그렇고, 몇 시간씩 역 광장에서 기다리는 것도 지겨워 속 편하게 아예 걸어서 오는 것이다. 도로는 구불구불하여 더 멀게 느껴져서 몇 명이 철로 변 길을 따라 걷기도 했다.

산과 들에 우거진 수목들과 오순도순 속삭이고, 길섶 따라 피어 있는 들꽃들도 어루만지며, 서두를 것 없이 발걸음을 옮길 땐 피로한 줄도 몰랐다.

그렇게 대여섯 시간을 걸어 동구 밖 언덕에 올라서면 해는 멀리 서해 바다로 기울어 노을이 붉고, 초가 마을 굴뚝마다 저녁연기가 한가로이 피어올랐다. 불안과 위험에서 해방되어 철길 따라 집에 오던 그 순간들은 너무도 평화롭고 즐거웠다.

지금 열차는 쉬지 않고 달리고 있다. 돌이켜보면 나의 인생도 KTX처럼 3백 킬로로 정신없이 달려온 것이 아닌가. 그러다 보니 지금은 황혼 길의 건널목, 남은 것이란 길지 않은 세월과 욕망의 부스러기뿐이다.

인생이란 빨리 가나 천천히 가나 이미 정해진 행선지, 이젠 KTX에서 내려 소달구지처럼 천천히 달려가는 추억 속의 통학 열차로 갈아타고 싶다. 그리운 옛 친구들을 만나고, 역 광장 구석 빈터에서 날개 치며 싸우던 쌈닭도 만나고, 검정 교복에 하얀 칼라를 단 여학생도 만나는 가슴 두근거리던 시절로 되돌아가고 싶다.

물 위의 사람들

　무더위를 어떻게 견뎌 낼까 염려하던 마음은 사라졌다. 계절의 변화가 없는 상하(常夏)의 나라는 우리의 초여름 날씨와 비슷하다. 차창 밖으로 보이는 직선형의 붉은 기와집인 캄보디아인의 특이한 가옥들은 열대 식물에 감싸여 이국(異國)의 정취를 풍기고 있다.

　목적지가 가까워졌는지 버스가 속도를 줄였다. 톤레삽 호수가 가까워질수록 길가의 풍경은 관광지라는 이름에 어울리지 않게 남국의 정취에 젖어 있던 내 마음을 흔들어 깨운다.

　안쪽으로 들어가자 새로운 풍경들이 시야에 들어왔다. 냇가 안쪽으로 말뚝을 박아 기둥을 세우고 기다란 통나무와 판자 조각을 덧대어 만든 판잣집, 메콩 강 하구에 연이어 늘어서 있는 판자촌은 차 안에서도 그 속이 훤히 들여다보인다. 한두 평 크기의 방들은 하나같이 궁색한 모습이다. 반세기 전 서울의 한복판 청계천 변의 군상(群像)이 떠올랐다. 어쩌면 그렇게도 닮았는지. 하나, 그 청계천변의 모습은 이미 전설처럼 사라진 지 오래인데 지금 눈앞에 줄지어 나타나는 판자촌은 이 나라의 가난함을 짐작하게 한다.

호수 입구에서 우리 일행은 소형의 관광용 배로 갈아탔다. 배는 서서히 호수 안쪽으로 미끄러져 갔다. 호수가 얼마나 큰지 마치 바다와 같다. 호수 한가운데로 나아갈수록 진풍경이 호숫가 양쪽에 펼쳐진다. 땅이 아닌 물 위에 사람 사는 집들이 즐비하게 떠 있는 것이다. 이름하여 톤레삽의 수상 가옥, 크고 작은 집들은 통나무와 판자 조각으로 뼈대를 세우고 그 위에 갈대를 엮어 지붕을 얹고 벽을 만들었다.

잠시 후 작고 낡은 보트 한 척이 제법 빠른 속도로 우리가 타고 있는 배를 향해 다가왔다. 머리에 수건을 두른 남루한 옷차림의 중년 여인이 배의 노를 잡고 있는데 무슨 일인가 하고 쳐다보는 사이에 그 보트에 타고 있던 서너 명의 꼬마들이 순식간에, 마치 메뚜기 떼가 논고랑을 뛰어넘듯 우리 배의 선미로 올라탔다. 곡예를 하듯 숙련된 솜씨들이었다. 모두가 열 살 전후로 햇볕에 타 거무튀튀한 깡마른 얼굴에 잠방이만 걸치고 있다.

아이들은 여행객의 뒤쪽으로 다가와 자그마한 두 손으로 어깨를 두드리고 주물렀다. 배 위에 잠시 웃음판이 벌어졌다. 아이들은 일 달러나 천 원짜리 한 장을 받으면 안마를 끝내고 다른 사람 쪽으로 이동했다. 유람선이 물 위의 상점에서 한동안 머무르고 있을 때였다. 야윈 모습의 또 다른 여인이 보트의 노를 저어 다가 왔다. 그녀의 옆에는 낳은 지 두어 달쯤 되었을까 싶은 발가숭이 아기가 누워 있고, 예닐곱 살쯤 되어 보이는 여자 아이가 굵은 얼룩무늬 구렁이를 목에 건 채 뱃전에 서서 우리에게 손을 내밀고 있었다. 몇몇 사람이 천 원짜리를 아이 손에 건네주었다.

현지 안내인의 말에 의하면 톤레삽 호수에 자리 잡은 수상 가옥 의 수는 만여 호가 넘는데 대부분이 베트남의 난민들이라 한다. 이 호수에는 4백여 종의 물고기가 서식하고 있는데 잡아서 팔기 도 한다는 것이다. 아이들은 한창 배울 나이지만 학교에도 가지 못하고 날마다 관광객을 상대로 돈벌이에 나선 셈인데, 이들의 수입은 오히려 어른들보다 많다고 한다.

이들은 40여 년 전 베트남 전쟁을 피해 캄보디아령의 메콩 강 하류로 피난 나온 사람들이다. 전쟁이 끝나자 고향으로 돌아가려 했지만 베트남 정부에서는 나라를 버리고 도망 나간 사람들이라 하여 이들을 받아주지 않았다 한다. 캄보디아 역시 오랜 시간이 지난 지금까지도 이들의 상륙을 허가하지 않고 있다 하니 이들은 언제까지 무국적자인 채로 수상 집시족이 되어 살아가야 하는 것 일까.

보트를 저어 어린아이들을 데리고 우리 배에 다가왔던 중년 여인들은 도대체 몇 살 때부터 이 톤레삽 호수에서 살았을까. 어린 시절 부모 손에 이끌려 이곳에 와 늙어가도록 떠나지 못하고 살아온 삶의 터전, 이들에게 미래는 없어 보인다.

지구상에 자리한 대부분의 사람들은 제 나라 땅에서 뿌리를 내리고 소박한 꿈을 지닌 채 살아간다. 하지만 톤레삽의 수상족들은 국적도 희망도 없이 오직 먹고살기 위해 물 위에서 살아가고 있으니 강 속의 물고기 신세와 뭐가 다른가. 이들이 나라를 등진 대가는 너무도 컸다. 이들은 여기에서 살아온 세월만큼 수중형(水中刑)을 받고 있는 것처럼만 보였다. 무엇보다 마음 아픈 것은 어린아이들의 처지다. 무슨 죄가 있기에 평생토록 희망도 없이 물고기처럼 살아가야 하는가. 타의에 의한 그들의 억울한 인생은 어디서 보상받아야 할 것인가.

나는 마음속으로 빌었다. 이 어린 새싹들이 조국의 품으로 돌아가 따뜻한 사랑을 받으며 살 수 있도록 신의 가호(加護)가 있기를….

오랜만의 산행

가을의 햇살이 창문에 비치어 잠을 깼다. 베란다에 나가 무심코 남녘 하늘을 바라보니, 먼 하늘 아래 우뚝 솟은 관악산 정상이 정답게 손짓을 하는 듯했다. 옛날엔 주말이면 친구들과 어울려 자주 오르던 산이었는데 발목을 다친 이후 산행을 중단한 지 십여 년에 이른다.

문득 가보고 싶은 생각에 등산 차림으로 집을 나섰다. 초가을이라 산은 아직 가을색에 물들지 않았고, 그 무성한 나무 속에서 매미소리가 온 산을 뒤흔들고 있다. 그러나 이 울음소리는 머지 않아 녹음이 물러가면 저네들의 운명도 끝이란 것을 알기라도 한 듯, 한가롭고 즐거운 노래라기 보다 슬픈 운명을 한탄하는 소리인 듯 들려온다.

산위로 오를수록 산새들의 울음소리가 정겹고, 소나무 잣나무

도토리나무와 잡초로 우거진 숲속 길을 걷는 감회가 새롭다. 가파른 바윗돌 길을 오를 때는 돌 위로 뻗어 나온 소나무 밑둥치를 로프로 삼기도 하고 뾰족하게 솟아 나온 바윗돌을 붙들어가며 근근이 기어 올라갔다. 옛날에 자주 오르던 길이라 낯설지는 않았으나 반 시간쯤 올라가니 힘이 달려 헐떡거리기 시작한다. 여기가 내 체력의 한계인가 생각하며 세월의 흐름을 실감한다. 옛날 같으면 으레 정상을 향하여 올라갔을 것이나 무리하지 않아야겠기에 그만 장군봉에 주저앉아 여장을 풀었다. 바위 위에 상의와 신발, 모자를 벗어놓고 심호흡하며 산속의 맑은 공기를 마음껏 들이마셨다. 그 전에 친구들하고 왔을 때는 한두 번 쉬고는 곧장 정상에 오르곤 했는데 지금 여기서 정상까지는 까마득하다.

바위에 앉아 연주암 쪽을 물끄러미 바라다보니 지척인데도 다시는 건너지 못할 강물에 가로막혀 있는 것 같아 흐르는 세월이 아쉽고 야속했다. 십 년이면 강산도 변한다 했는데, 십여 년 만에 찾아온 관악산은 의구한데, 변한 건 내 젊은 시절의 상실뿐이다.

마음을 삭히려고 가져온 음료수를 꺼내 꿀꺽꿀꺽 들이마셨다. 속으로 스며드는 탄산가스의 힘일까, 마음이 맑아지고 가슴이 툭 트이더니 의연한 정상의 모습과 푸른 숲의 정경이 선명하게 시야에 들어왔다.

산행의 길조인지, 산까치 한 마리가 내 머리 위를 날아 바로 앞 상수리나무에 사뿐히 내려앉는다. 나를 바라보며 고개를 기웃

거리는 모습이 마치 말을 걸어오는 듯해 무척 반가웠다. 서둘러 먹을거리라도 건네주고 싶어 가져간 복숭아를 입으로 베어 그쪽으로 던져주었다. 몇 번 기웃거리더니 까치는 그만 근처의 다른 나무로 휙 날아가 버린다. 나는 까치와 친구가 되고 싶어 가까이 다가갔는데 내 마음을 몰라주니 몹시 서운했다.

날아간 까치의 뒷모습을 물끄러미 바라보고는 눈길을 옮기려는 순간, 비단 색 산거미 한 마리가 내가 신고 있는 등산 양말 위로 슬금슬금 올라오는 것이 아닌가. 새로운 손님을 맞아 내 마음은 온통 산거미에 집중되었다. 그는 잠시 웅크리고 있다가 이리저리 눈치를 살피며 몇 걸음 기어오르더니 또 멈춰 선다. 나와 안면을 익히려는 손짓일까, 아니면 나를 의식해서 움츠리는 것일까. 이제는 내가 그놈의 눈치를 살피느라 되레 긴장되었다. 잠시 멈칫하더니 거미는 한마디 인사도 없이 황망히 바위틈 사이로 달아나 버린다. 혼자 가을바람이라도 쐬러 산책 나왔다 낯선 이곳이 불안했던 것일까. 아니면 내가 앉아 있는 것이 위협으로 느껴졌던 것일까. 그와 친근해지려고 하는 내 진정성이 거미에게 전달되지 못했던 모양이다. 정상에 오르지 못하고 산 중턱에 앉아 있는 것도 서러운데 산속의 생명들에게마저 외면당해 이래저래 인생의 가을은 외롭기만 하다.

마음을 달래고자 도토리나무 그늘이 드리운 바위 아래로 다가가 등산모로 얼굴을 덮어쓰고 드러누워 버렸다. 이런저런 상념에

사로잡히다 한참 후 일어나 언뜻 쳐다보니 어린 나무에 달린 앙증맞은 파란 잎이 바람에 흔들리고 있지 않는가. 아마 지난 가을 거목에서 떨어진 한 톨의 씨앗이 추운 겨울을 이겨내고 올 봄에 움터 세상에 모습을 드러내고 있는 것이라 생각하니, 그 눈부신 생명력이 경이롭기까지 하다. 나는 바위에 앉아 자연속의 신비한 생명들을 바라보며 조금씩 애정을 느끼고 있었다.

나는 젊은 시절부터 제지업에 몰두하며 오로지 사업만을 위해 달려왔다. 그러느라 지나쳤던 소중한 작은 것들을 챙기며 살아야 할 이유를 오늘 자연에서 배웠다. 힘에 부쳐 오르지 못하지만 이제 정상은 내게 아무런 의미도 없다. 그동안 정상을 오르느라 눈길을 주지 않았던 조밀하고 아기자기한 자연의 모습을 하나씩 살피는 기쁨을 맛보며 인생의 새로운 의미를 찾아야겠다.

산은 언제나 그 자리에 우뚝하게 서 있다. 그 속에 만물을 끌어안고 여러 생명들이 생동감 있게 활동하도록 가슴을 열어두고 있다. 산까치도, 바위 틈 속으로 도망쳐버린 산거미도, 추운 겨울 땅속에서 견뎌내며 움터 나온 여린 도토리나무도 따뜻하게 품고 있었던 것이다.

산에서는 풀 한 포기 나무 한 그루, 이름 모를 산새들마저 모두 한 식구들이 아닌가. 이들 생명들이 어우러져 아름다운 산을 이루고 운치 있는 관악산을 가꾸어 가는 주역들이다. 여기에 나도 동참하고 싶다.

2부

여름밤의 해수욕

어린 상주

　형제가 많은 집안의 막내는 부모와의 함께한 시간이 짧기 마련이다. 늦게 자식을 낳아 놓고는 부모님이 일찍 세상을 떠나기 때문이다. 나도 칠 남매의 막내이다. 내 나이 일곱 살 되던 봄에 50대 중반인 아버지가 세상을 떠나셨으니 내 경우도 그 한 예라 할 수 있을 것이다. 일곱 살이라 하지만 생일이 늦었으니 만으로는 겨우 다섯 살이나 되었을 때였다.

　그때 어린 나는 죽음이 무엇인지도 몰랐으며, 아버지가 이 세상을 영원히 떠났다는 것도 느끼지 못했다. 나이가 들면서 점점 철이 들자 그제야 아버지의 죽음을 의식하게 되었다. 자라면서 아버지를 생각하는 어머니의 애달픈 콧노래 소리에서 슬픔을 알게 되었고, 친구들의 아버지를 볼 때마다 부정(父情)의 그리움을 느끼게 되었다.

내가 30대 초반일 때 어머니마저 세상을 떠나자, 천애의 고아가 된 듯했고, 아버지에 대한 그리움은 더해 갔다. 5, 60대가 될 때까지 살아 계시는 친구들의 아버지 이야기를 들을 때면 부럽기만 했다.

한학자였던 아버지는 결혼도 늦었다 한다. 스물네 살의 노총각 시절에 훗날 외삼촌과 이모부가 될 분들을 가르치고 있을 때 젊은 학자를 사윗감으로 욕심을 낸 외할아버지께서 열네 살의 어머니와 혼인을 시켰다. 아버지는 총각 시절부터 열심히 노력하여 꽤 많은 재산을 모으셨다. 그러나 돌아가실 무렵은 그 재산이 절반 이상으로 줄었다고 하는데, 어머니의 말씀에 의하면 그것은 모두 남의 빚 보증금으로 유실되고 말았다는 것이다.

그 당시 이웃 마을에 C라는 유명한 고리대금업자가 있었다. 살기가 어려운 사람들이 돈을 빌리러 가면 꼭 우리 아버지의 보증만을 요구했다. 처지가 어려운 그들이 아버지에게 와서 사정사정을 하면 마음이 선한 아버지는 그것을 거절하지 못하고 여러 차례 빚보증을 서 주었고 결국엔 차압까지 당했다. 나의 기억에 의하면 아버지가 돌아가신 후에도, 회색 두루마기에 하얀 머리의 늙은 고리대금업자는 우리 대문 밖에 와 서성대고는 했다. 미처 청산되지 않은 보증 빚을 어머니에게까지 요구했다는 것이다.

내가 초등학교에 다닐 때였다. 같은 반의 이웃 동리 아이와 친하게 지냈다. 학교에 갔다 오는 길에 그 친구에게 끌려서 그 집에도 몇 번 놀러 갔었는데, 백여 가구 되는 그 동리에서 으리으리한 부잣집이었다. 큰 마구간에는 그의 아버지 형제들이 타는 호마(胡馬)가 두 마리나 있었다. 나는 무명바지 저고리에 더러는 헌 고무신을 신고 다녔는데 그 친구는 좋은 양복에 값비싼 운동화를 신고 다녔다. 그런데 집안 어른들 말씀이 공교롭게도 그 집이 바로 그 고리대금업자의 집이라는 것이 아닌가. 내 친구는 그의 큰손자였던 것이다. 그 말을 들은 후 나는 더는 그애 집에 놀러 가지 않았다.

아버지가 세상을 떠난 날은 양력 사월 초하루였다. 봄기운이 훈훈하고 꽃들이 한참 피어 있을 때였다. 아침 일찍 일어나 이웃집으로 산책을 가셨던 얼마 후 그 집 목수 아저씨에게 업혀 오셨다. 방 아랫목에 뉘었으나 의식 불명이었다. 식구들과 이웃들이 모두 모여 우왕좌왕하다가 치료 방법이란 것이 빨간 색의 가루약을 물에 타 수저로 입에 넣어 드리는 정도였다. 아버지는 결국 두 시간여 만에 운명하셨다. 시골이라 의사조차 부를 수 없었으니 병명도 채 모르는 상태였다. 너무도 갑작스러운 일이라 모두 넋을 잃고 슬픔에 잠겼다.

입관할 때였다. 누군가가 하얀 솜뭉치로 눈과 귀를 덮어 드리며 "가시다가 왜 듣지도 보지도 못 하느냐고 물으면 귀와 눈을 모두 막아서 그렇소 하고 대답하시오."라고 한, 그때 내가 들었던 그의 음성이 지금도 귀에 쟁쟁하다. 집안 어른들은 막내인 나는 어리다고 상복을 해주지 않았다. 철없는 나는 그것이 불만이었기에 여러 번 상복을 해달라고 조르며 울기도 했다. 게다가 상중인데 분별도 없이 날마다 친구들과 마당에서 팽이를 치며 놀다가는 방안에서 상주들의 울음소리가 나면 그때야 뛰어 들어가 어머니 곁에 앉아 같이 울고는 했으니….

장례식 날이었다. 봄 날씨는 화창했다. 상주들의 슬픈 울음 속에 상여는 장지를 향해 떠났다. 장지는 마을 옆 산 성황당고개 너머에 있었다. 아버지는 생전에 이 성황당고개를 여러 번 넘어 다녔다고 한다. 하나 그 날은 천국으로 가는 길, 화려한 꽃상여 속에 고이 잠드셔서 그 고개를 영원히 넘어가셨으리라.

상주들 속엔, 한쪽 손으로 흘러내리는 바지를 움켜쥐고, 바람에 날려 상여에서 떨어진 꽃을 주워 한쪽 귀에 걸고, 손에 쥔 지팡이로는 길섶에 새움이 돋아 난 잔솔나무를 턱턱 치며, 상여를 졸래졸래 따라가는 어린아이가 하나 있었다. 철없는 그림이 아닐 수 없었다. 누가 그를 보고 상주라 생각했으랴.

여름밤의 해수욕

석양이 뒷산을 넘을 무렵이면, 겨드랑이에 빈 물동이를 낀 새 댁들이 우물가에 모여들었다. 모두가 시간을 약속이나 한 듯 금세 대여섯 명이 되었다. 그들은 빈 동이에 물이 가득 채워져도 냉큼 이고 갈 생각은 않고 우물가에 둘러서서 얼굴을 맞대고 웃음 섞인 이야기판을 벌인다. 아마도 시집살이의 고된 하루 중 그때가 가장 자유롭고 즐거운 시간이었는지도 모른다.

나의 큰형수는 듬직한 몸집에 말주변도 좋고 다른 사람보다 나이도 좀 많아 우물가 새댁들의 구심점 노릇을 했다. 어느 여름날, 형수가 나더러 동네 새댁들과 바다에 가서 하룻밤을 자고 오기로 했으니 내 동무 네댓 명을 불러 같이 가자고 했다. 바닷물에 목욕을 하면 피부가 고와지고 피부병도 없어진다는 것이지만, 그 나들이가 새댁들에게는 해방구 역할을 해주는 것이었을지도 모른

다. 아무튼 칠팔 명이란, 온 동리의 새댁들이 총출동하는 셈이었
다. 가부장적이던 그 시절 농촌에서는 꿈같은 이야기였다.

이 일은 몇 달 전부터 우물가에서 새댁들끼리 의논이 시작된
것인데 여기에는 우리 형수가 주동이 되었고, 시어머니 중에는
맨 먼저 우리 어머니가 승낙을 하셨다. 두서너 시어머니의 반대
가 있었으나 결국은 우리 어머니의 설득으로 하룻밤의 해수욕이
결정되었던 것이다.

바다 구경 한 번 못해 본 개구쟁이들을 동원하는 일은 쉬웠다.
나는 즉시 또래 동무 대여섯 명을 불러 모았다. 명목은 호위병
노릇을 할 남자였으나 우리들은 모두 열 살 미만이었다. 옛날이
라 농촌의 여인네들에게 내복이나 해수욕복도 없었다. 그래서 옷
을 벗고 바다에 들어가는 것은 밤중이어야 할 수 있는 일이었다.
거기에 호위병으로 따라가는 우리는 아주 어리지도 않고, 그렇다
고 해서 여자라는 것을 감정적으로 느끼기에는 너무 어린, 적절
한 나이였던 것이다.

거의가 20대인 새댁들과 개구쟁이들로 혼성된 열대여섯 명의
행렬은 뜨거운 여름 아침나절에 바다로 가는 대장정에 올랐다.
새댁들은 밥 짓는 냄비와 밥그릇을 담은 바구니를 머리에 이고,
등에는 자그마한 봇짐을 멨다. 개구쟁이들은 삼베 바지저고리에
더러는 배꼽을 드러낸 채 그 뒤를 맨발로 졸래졸래 따라갔다. 지
금 생각해 보면 그 군상(群像)은 마치 사막을 이동하는 집시의 무

리를 연상하게 해서 웃음이 떠오르고는 한다.

버스도 없는 50여 리의 황톳길은 광활한 호남평야를 가르고 나 있었다. 길 양쪽의 논밭에는 벼이삭과 다갈색의 수숫잎이 여름 햇살에 나부끼고, 이곳저곳 밭이랑에 누런 참오이와 검푸른 수박이 뒹굴고 있는 모습은 평화로운 농촌의 정경이었다. 우리 행렬의 목적지는 서해 해변가인 김제군 진봉면 신포리 바닷가였다. 학교 운동장 넓이의 모래사장은 초가집 울타리처럼 산으로 둘러싸여 있고 한쪽만 바다 쪽으로 터져 있어, 마치 그 모양이 자연의 목욕탕과도 같았다.

서해바다 수평선에 저녁노을이 찾아들 무렵 우리는 목적지에 도착했다. 난생 처음으로 바다 속으로 들어가는 황홀한 태양을 보는 순간 모두는 넋이 빠진 듯 탄성을 질렀다.

구수한 밥 냄새 풍기는 냄비를 모래밭에 놓고 모두가 둘러앉았다. 오랜 시간 걸어와 시장기 든 뱃속이라 밥맛은 꿀맛 같았다. 마냥 즐겁기만 한 새댁들의 웃음 섞인 목소리는 모래밭을 흔들었다. 매서운 시집살이도 잊고 즐겁게 놀던 그 순간은 마치 별천지에 있는 느낌이었으리라.

저녁 식사가 끝났다. 달빛은 교교히 비치고 있었다. 형수는 2, 30미터의 거리에 돗자리를 깔아 주며 우리에게 잠자지 말고 누가 오나 잘들 지켜보고 있으라 했다. 어른들이 우리에게 방을 만들어 준 것이었다. 모두가 신나는 목소리로 "예" 하고 대답했다.

우리들은 서로 교대해서 물속을 드나들고, 밤이 새도록 바다를 들락거리는 여인들의 파수병 노릇을 충실히 했다. 달빛 아래 발가벗은 몸으로 하얀 보자기만 두르고 해수욕을 즐기는 여인들의 모습은 우리들 어린 눈에 마치 선녀처럼 보였다.

산 너머로 먼동이 떠오를 무렵 모두 해수욕을 마쳤다. 그리고 나서 잠깐 잠이 든 것 같았는데 어느새 태양이 중천에 떠올랐다. 우리들은 서둘러 아침을 먹고 귀갓길에 올랐다. 지나왔던 발자국을 되밟으며 걷는 발걸음은 한결 가벼웠다.

하룻밤 나들이에서 돌아오던 어린 시절, 석양을 등지고 동구 밖 잔등에 올라서 바라본 동네의 모습은 너무나도 정겨웠다. 초가지붕 위로 하얗게 피어오르는 저녁 연기는 며느리를 기다리는 시어머니들의 저녁 짓는 기적이었다.

여름이 되면 나는 가끔 그때 생각이 난다. 어른이 된 후, 해수욕장에서 아무리 늘씬한 자태를 뽐내는 여인을 보아도 그때 선녀처럼 보이던 동네 새댁들만큼 아름다워 보인 적은 없는 것 같다.

유년의 겨울

　노령산맥 끝자락, 오곡이 풍성한 만경들 언저리의 인심 좋은 덕조동(德鳥洞) 마을이 내 유년의 고향이다. 뒷산이 병풍처럼 둘러 서 있고, 대문을 열면 텃논 너머로 멀리 눈 덮인 신작로 자갈밭 고갯길을 넘어가는 소달구지 소리가 아스라이 들려왔다.

　우리 집 사랑방은 늘 동네 사람들의 휴식처였다. 며칠씩 계속해서 눈이 내릴 때면 더러 지나가던 길손이 이삼 일씩 묵다 가기도 했는데 우리는 그를 융숭하게 대접해 보냈다. 깊어 가는 겨울밤, 길손의 재미있는 이야기에 우리 형제들이 밤이 이슥해지도록 사랑에 머물러 있으면, 안방 호롱불 밑에 홀로 앉아 반야심경(般若心經)을 읽으시던 어머니는 밖으로 나가 눈밭을 헤치고 구덩이에 묻었던 고구마를 쪄서 한 소쿠리 사랑방에 넣어 주셨다.

　길손이나 동리 어른들이 들지 않았을 때의 사랑방은 우리 악동들만의 세계였다. 빈 방앗간에서 참새 떼가 흩어진 쌀겨 속의 모이를 찾느라 지저귀듯 시간 가는 줄도 모르고 수선을 떨다 보면 어느새 밤이 깊어지고 시장기가 든다.

궁리 끝에 나온 생각이 남의 집 닭장에 가서 닭서리를 하는 것이었다. 그러나 그건 아무나 할 수 없는 일이었다. 도둑고양이 이상으로 행동이 빨라야 들키지 않고 소리 없이 잡아올 수 있었기 때문이다. 그 가운데 선발된 두 사람이 도둑고양이처럼 숨을 죽이고 눈길을 헤쳐 남의 집 닭장 밑으로 엉금엉금 기어 들어갔다. 하나는 망을 보고 하나는 닭장 문을 살며시 열고 맨 가에서 졸고 있는 닭 모가지를 번개처럼 잡아 비틀어 오는 것이었다.

우리 집 사랑방 부엌은 어머니가 주무시는 방과는 떨어져 있어 서리한 닭을 어머니 몰래 삶아 먹기에 좋았다. 어머니가 아시게 되면 사건이 커질 것이므로 우리들은 무척 조심을 했다. 사랑방 솥은 밥 짓는 용도가 아니라 소여물을 쑤는 솥이었지만 그때의 우리 처지에 보리밥 쌀밥 가릴 겨를이 없듯이 밥솥 여물솥 가릴 계제가 아니었다. 솥을 물로 조심조심 씻어내고는 불을 피워 닭을 안쳤다. 솥에서 닭 삶는 냄새가 풍기지 않도록 두어 장의 가마니때기로 솥을 덮는 것도 잊지 않았다. 그렇게 삶은 닭을 소쿠리에 담아 대여섯이 둘러앉아 뜯어먹을 때에는 순서가 있었다. 먼저 논공행상, 맛있는 부위인 다리와 똥집 그리고 꼬리 부분은 잡아 온 두 사람이 먼저 뜯어먹을 수 있도록 우선권을 주었다. 나이

들어 아무리 맛있는 닭요리 집에 간들 어찌 그때 그 맛에 비길 수 있으랴. 그 시절 한겨울철의 닭서리는 우리들 유년기의 훈훈한 농촌 인심이 허용한 유서 깊은 '도둑놀이'가 아니었을까.

은색 눈빛 황홀한 뒷동산에서의 꿩 몰이사냥은 유년의 겨울의 즐거움을 만끽하게 해 주는 야외 놀이이었다. 모처럼 햇볕이 따스하게 내리쬐는 화창한 날, 우리들은 꿩 사냥을 나섰다. 며칠간 내린 눈이 은빛 주단처럼 온 야산을 덮고 있었다. 눈 때문에 며칠째 먹이를 찾지 못해 굶주린 꿩들은 양지바른 바위틈에서 졸고 있었다. 그리 높지도 않으면서 경사진 뒷동산은 우리들에겐 천혜의 꿩 사냥터였다. 대여섯 명의 악동들이 눈 언덕에서 망을 보는 사람과 몰이꾼으로 나뉘어 온 산을 뛰어다녔다. 몇 시간 동안을 넘어지고 뒹굴고 하다가 꿩을 한 마리라도 잡으면 사냥을 중단하고 환호성을 울리며 모두들 우리 집 사랑방으로 달려왔다. 어머니께서는 우리가 잡아온 꿩을 큰 부엌 가마솥에 넣고 맛있게 삶아내어 한 상 차려 주셨는데 그때는 닭서리 했을 때와는 달리 논공행상 필요 없이 두레상 앞에 둘러앉아 포식을 했다.

내 유년의 눈 덮인 아름다운 뒷동산! 햇살에 유리알처럼 반짝이던 눈 덮인 경관은 짚신짝 너털대며 몰려다니던 우리 유년기 악동들을 성장시킨 요람이었으리라. 그 환희와 꿈의 터전은 이제 모두 현대 문명에 밀려났지만 그때 훈훈했던 인심마저 메말라 버린 건 아닌지, 돌이켜보면 각박한 요즘 세월이 아쉽기만 하다.

항일(抗日)의 뿌리

　오늘이 광복절이라고 태극기를 내다 걸며 초등학생 손자가 마
냥 즐거워한다. 그 모습을 보고 있자니 내 얼굴에도 미소가 저절
로 떠오른다. 우리나라가 일본 제국주의에 침탈당했던 것을 저도
학교에서 배웠을까, 이런 날 태극기를 달면서 손자는 조국에 대
한 사랑의 마음을 조금씩 키워 갈 것이다. 그 모습을 보고 있자니
내가 저만 했을 때가 저절로 떠오른다.

　일제가 세계 제2차 대전을 일으킨 다음해, 나는 소학교 1학년
이 되었다. 당시 일본은 전승을 위하여 혈안이 되어 있었다. 그뿐
인가, 우리나라를 영구적으로 식민지화하기 위하여 어린 아이들
에게 철저한 군국주의 사상 교육을 시켰다. 그래서였던지 철없는
우리는 성과 이름마저도 일본식으로 개명한 후라 우리가 일본인
과 다르지 않은 줄로만 알았다. 그래서 일본이 전쟁에 지면 모두

가 같이 죽는다는 생각으로 그들과 같이 승전을 바랐던 것이다.

그 시절, 철부지 우리들이 가장 존경하는 사람은 일본 천황과 일본 군인이었다. 학교는 늘 전시 교육체제였기 때문에 일본인 교장은 매일같이 군복을 입었으며 때로는 긴 칼을 차고 출근했다. 조선인과 일본인으로 혼성되어 있는 교사들 역시 모두 전투복을 입고 출근하였다. 그랬으니 온 세상은 전투복으로 덮여 있는 듯 했고 우리들은 그것이 당연한 일인 것으로만 알았다.

내가 3학년이 되자 예비군이던 일본인 교장이 가고 새 교장이 부임해 왔다. 그는 나이가 40전후의 조선인이었는데 우리 학급의 담임도 겸하게 되었다. 수업 첫날이었다. 신임 교장은 전투복을 입고 엄격한 모습으로 교실에 들어와 교단에 올라섰다. 우리는 모두 일어나 인사를 했고, 그는 우리에게 간단한 자기소개를 했다. 그런데 자기소개를 마친 그가 우리에게 첫 질문을 했다. "가령 아버지와 일본 군인, 두 사람이 물에 빠져 허우적거리고 있다고 치자. 너희들 같으면 누구를 먼저 건지겠느냐?"

그 당시 가장 존경해야 할 사람은 일본 천왕과 일본 군인이라는 사상교육을 철저히 받은 우리로서는 뻔한 대답을 할 수밖에 없었다. 모두 생각해 볼 것도 없이 이구동성으로 "일본 군인입니다." 했던 것이다. 그런데 우리의 대답이 끝나자마자 선생님은 손바닥으로 교탁을 탁 치며 상기된 얼굴에 큰소리로 "이놈들아, 애비 없이 낳은 자식이 어디 있느냐. 아버지를 먼저 건져야 할 게 아니냐!” 하시는 게 아닌가. 우리는 의외의 선생님 말씀에 어리둥절해 하고 있는데, 그 순간 선생님은 아무 일도 없었다는 듯이 안색을 싹 바꾸어 “모두 책을 펴라.” 하고는 수업에 들어갔다. 그러나 선생님의 말씀을 들은 우리는 무언가 개운치 못한 것이 마음속에 남아 있는 듯, 그 말이 머릿속을 떠나지 않았다.

그때 일본인들은 천조대신(天照大神)을 그들의 조상으로 여기고 숭상을 하였다. 우리나라의 고을마다 산수가 수려한 곳에는 그의 신사를 지어 놓고 참배를 강요시켰다. 서울의 상징인 남산의 지금 식물원 자리에는 대형 신사를 지어 조선신궁(朝鮮神宮)이라 부르기도 했다. 우리 학교의 직원실 바로 앞 운동장에도 2, 3미터 높이의 신전을 지어 놓고 등하교 때마다 교사와 학생들이 참배를 하도록 했다. 어디 그뿐인가, 연필통보다 좀 큰 규격의 나무상자로 그 신의 위패를 만들어 전교생에게 의무적으로 사서 집에 걸어 놓고 참배를 하게 했다. 나도 하나 사서 방안의 벽에 걸어 놓았다.

어느 날이었다. 동리에 있는 사립학교의 교사로 근무하며, 곧 일본 제국주의의 군인으로 입대할 예정이던 셋째 형님이 내 방으로 들어왔을 때였다. 나보다 여섯 살 위의 형님은 벽에 걸려 있는 그 위폐를 보자마자 화가 난 목소리로 “이 녀석아, 이런 것을 걸어 놓을 바에야 차라리 아버지 사진을 모셔 놓아라.” 하고 그것을 손으로 확 떼어 마룻바닥에 내동댕이쳤다. 그 순간 일본인의 조상은 박살이 나고 말았다.

지금 돌이켜 생각해 보면 두 분의 행위는 일제강점기에서는 대역죄에 해당하는 것이었다. 특히 교장선생님의 경우는, 감시의 칼날이 도처에서 번쩍거리는 군국주의 체제에서 교장의 신분으로 일본 군인을 비하하는 발언을 했으니 여간 위험한 일이 아닌 것이다. 그것도 부임 첫날 어린 학생들 앞에서의 일성이었으니 즉흥적인 생각으로 한 말은 분명 아니었을 터, 아마도 경우에 따라서는 자기희생을 각오하고 여러 번 생각한 끝에 한 일이었을 것이다.

일본인이 가장 숭배하는 조상의 위패를 마룻바닥에 내동댕이쳐 박살낸 형님의 행위 역시 가슴속에 켜켜이 쌓여 있는 나라를 빼앗긴 데서 오는 원한이 위패를 본 순간 즉흥적으로 터져 나온, 감정의 화풀이였을 것이다.

나라를 빼앗긴 줄도 모르고 그들의 사상 교육에 속아 철없이 굴던 어린 시절, 그때 우리들은 아무것도 몰랐지만, 그런 철부지들 곁에서 나라를 다시 찾기 위해 소리 없이 뻗어가는 항일(抗日)의 뿌리가 지하에서 쉬지 않고 살아 움직였던 게 아닌가.

베란다에 태극기를 꽂고 돌아서는 아이의 머리를 제 어미가 대견스러운 표정으로 쓰다듬어 주고 있다. 나도 오늘은 손자를 무릎에 앉히고, 할아버지의 어린 시절 이야기를 들려주어야겠다.

시골 아이의 서러움

긴 담뱃대 입에 무신 아버지 앞에, 무릎을 꿇고 앉아 천자문을 읽는 어린 아이. 기억조차 희미한 옛 모습을 머릿속에 떠올려 본다.

내가 일곱 살에 한학자이셨던 아버지께서 세상을 떠나셨으니 글을 배우던 때는 네댓 살 개구쟁이 시절이었다. 그때 옆집 뒷집으로 동갑내기 두 친구가 살고 있었다. 우리 셋은 밥만 먹으면 붙어서 놀았다. 팽이치기, 구슬치기 등으로 해가 지는 줄도 모르고 즐겁게 놀았기에 나의 천자문 읽기는 우리가 노는 데 걸림돌이 되기도 했다.

어느 날이었다. 책을 읽고 있는데 대문 밖에서 "동기야 놀자!" 하고 두 친구가 부르는 소리가 들려왔다. 나는 궁둥이가 쑤셔 더 견딜 수 없었다. 마침 아버지와 어머니는 밖에 나가고 안 계셨다.

기회가 좋았다. 나는 읽던 천자문 책을 접어서 뒷광 항아리 뒤에 깊숙이 숨기고 놀러나갔다. 점심때가 되어 집에 돌아오자 화가 나신 어머니께서 회초리를 들고 야단을 치며 종아리를 걷으라고 하셨다. 다급했던 나는 천자문 책을 잃어버려 읽지 못했다고 둘러대서 맞을 매를 모면했다. 어머니께서 정말 모르고 계셨던지 알 길은 없으나 지금도 그때를 생각하면 웃음이 난다.

그 시절 고을고을에는 한학을 가르치던 서당이 있으나 일제의 개화 정책으로 점점 사라지고 각 면 단위로 공립 국민학교(초등학교)가 설립되어 식민지 교육을 시켰다. 그러나 이 공립학교 외에 오래 전부터 사립학교가 있었는데, 그 지방의 뜻있는 사람이 설립을 하여 신학문을 가르치는 학교였다. 그즈음 우리 동리에 장현태라는 분이 있었다. 인격이 훌륭해 동리 사람들로부터 존경을 받으며 무슨 일이든 마을의 구심점 노릇을 하는 분이었다. 그분도 수년 전에 우리 동네에 사립학교를 세웠다.

그 학교는 우리 집 바로 옆에 있었는데, 초가로 교실은 방 두 개뿐이었다. 그래도 학생 수는 전교생이 50여 명이나 되었으며 교장인 장현태 선생 외에 두 명의 교사가 있었다. 학교명은 우리 동리의 이름대로 덕조(德鳥)학교라 했고, 이곳에서 신학문과 한글도 가르쳤으니 우리 민족의 얼이 살아 있던 곳이다. 학생들은 주로 농촌에서 배우지 못한 사람으로 구성되어 있어, 나이가 서너 살이나 위인 사람들이 한 교실에서 같이 공부했다.

내가 여덟 살 때였다. 일제가 세운 공립 국민학교는 집에서 10리 길이어서 어머니는 내가 아직 어려 다니기 힘들다고 동리에 있던 그 사립학교에 입학을 시켰다. 1년이 지나 내가 좀 더 자라자 어머니는 나를 공립학교로 보내고 싶어 하셨다. 면에 있는 시골 학교보다는 도회지인 읍내의 학교가 낫다고 생각하셨던 것이다. 거리도 같은 10리 길이었다. 당시에 시골 사람이 읍내의 학교에 입학하는 것은 쉬운 일이 아니었다. 그러나 나는 동리 사립학교에서 1년 동안 공부를 했으니 충분히 입학시험에 합격하리라 생각했다.

　큰형님을 따라 입학시험을 보러 읍내의 학교로 갔다. 입학시험은 면접시험이었는데 시험관이 여러 가지 학술적인 것을 물어보았다. 나는 자신 있게 모르는 것 없이 모두 대답했기에 당연히 합격할 줄 알았다. 그 외에 남아 있는 문제는 그 당시의 실정대로 기부금을 내는 일이었다. 들리는 소문에 의하면 읍내 출신들은 대부분이 5원을 내고 더러는 10원을 낸다고 했다. 면접시험도 잘 보았으니 그만하면 충분하리라 생각한 형님은 기부금으로 10원을 써서 냈다. 그런데 결과는 불합격이었다. 수소문해 보니 옆 동리 사람이 합격이 됐는데 기부금을 30원을 냈다고 했다. 결국 아무리 면접시험을 잘 보았어도 나는 시골 출신인데다 기부금이 적어 합격할 수가 없었던 것이다.

　시골 아이라 받은 차별 대우는 어린 마음에 상처가 되었다. 읍내의 학교에 다닐 수 있을 것이라는 기대로 한동안 즐거웠던 마음은 불합격의 소식에 금세 슬픔으로 변했다. 방에 들어가 구석에 쪼그리고 앉아 훌쩍훌쩍 눈물을 흘리고 있는데 어머니가 들어오셨다. 어머니는 머리를 쓰다듬어 주시며 시골학교를 다니더라도 공부만 잘하면 된다고 위로해 주었다. 당신 생각에 남달리 똘똘하다 여기셨던 막내둥이를 대처의 학교에 보내지 못하게 된 어머니의 마음인들 얼마나 쓰렸을까….

5학년 1학기에 해방이 되었다. 그때 다른 시골학교의 교사였던 둘째 형님이 내가 원하던 읍내 학교에 전근이 되어 왔다. 형님은 나를 바로 2학기부터 그 학교에 전학시켰다. 어릴 때 가려다 못 갔던 학교를 늦게나마 다니게 되어 어린 마음에도 감회가 새로웠다. 꼭 1년 반을 다니고 졸업장을 받게 되었다. 졸업장을 받는 내 머릿속에 읍내 학교에 입학을 못하여 눈물을 흘리던 나의 모습과 그런 아들의 머리를 따뜻하게 쓰다듬어 주시던 어머니의 모습이 번갈아 떠올랐다.

고향집 단감나무

상강(霜降)도 며칠이 지났다. 퇴근길에 사무실 앞 슈퍼를 지나다보니 먹음직스러운 황청색의 단감들이 수북이 쌓여 있다. 어쩐지 반가워 어루만져 보다 먹을 사람은 생각지도 않고 몇 무더기 사서 양손 가득 들고 나온다.

내가 어릴 적, 고향집에도 단감나무가 한 그루 있었다. 장독대 옆에서 자라 사방으로 늘어진 그것은 우리 마을에서 하나뿐인 단감나무였다. 올해 구순이 되신 둘째 형님이 초등학교 때 얻어다 심은 것인데, 막내인 내가 한 살 때였으니 그 나무는 나와 동갑인 셈이다.

그 단감나무는 나와 같이 성장했다. 그러나 내가 아직 서너 살이었을 때 감나무는 벌써 제 노릇을 해, 탐스러운 열매들이 주렁주렁 매달았다. 그 시절 70여 가구가 모여 살던 우리 마을에는 거의 집집마다 감나무가 한두 그루씩 있었는데 모두 땡감나무였다. 그 나무들은 제멋대로 자라 마치 바지랑대처럼 멋없이 하늘로만 쭉쭉 뻗어 있었다. 그러나 우리 집 감나무는 형님이 묘목 때부터 정성껏 물도 주고 거름도 주고, 가지도 골고루 잘라 주었기에 어른 키 두 배 정도의 높이에 옆으로 죽죽 늘어져 있는 가지들이 보기에도 참 좋았다. 어린 마음에 우리 집 감나무가 마치 부처의 좌상처럼 의젓하게 느껴지기도 했다.

내가 네댓 살이 되었을 때부터는 감나무는 나의 친구가 되었다. 밖으로 나가 놀기에는 어렸던 그 시절, 나는 옆으로 퍼진 가지에 매달리기도 하고 사다리처럼 늘어진 가지를 딛고 나무 위로 올라가기도 하며 즐거운 시간을 보냈다. 봄철에 하얀 꽃이 땅 위에 수북이 떨어지면 그것을 실에 꿰어 목걸이를 만들어 어머니 목에 걸어 드리기도 했다. 햇볕이 내리쬐는 여름철이면 싱그러운 감들이 주렁주렁 매달린 그늘 밑에 돗자리를 깔고 옆집 뒷집 친구를 불러 모아 고누를 두며 놀다가 더러는 낮잠을 즐기기도 했다. 그러니 나의 유년기는 감나무 밑에서 성장했다고 해도 과언이 아닌 셈이다.

상강이 지나 입동이 다가올 무렵 대지에 새하얀 서리가 내리면 감이 누렇게 익어 단맛이 든다. 나는 시간만 나면 감나무 밑을 들락거리며 덜 익은 것을 따먹었다. 그러다 어머니에게 꾸지람을 듣고는 그 후부터 하나라도 따 먹으려면 어머니의 허락을 받고는 했다. 당시 우리 집 앞에는 텃논이 있었는데, 늦가을에 벼가 누렇게 익으면 참새 떼들이 몰려와 벼를 까먹었다. 그 새떼를 쫓는 일은 거의 내 몫이었다. 학교에 다녀와서 어머니의 허락을 받고는 단감을 대여섯 개씩 따 가지고 나가 옆집 뒷집 친구들을 불러내었다. 그러고는 논두렁에 헌 가마니때기를 깔고 그 위에 앉아 감을 먹으면서 "우여 우여" 외쳐 새들을 쫓았다. 그때 친구들과 메뚜기를 잡아 구워먹던 것도 잊을 수 없는 기억이다.

이른 겨울철, 된서리를 맞은 감이 누렇게 익으면 추수를 한다. 어머니와 형들은 단감을 모두 따서 대나무 광주리에 담아두고 하루 한 차례씩 모여앉아 오순도순 이야기를 나누며 단감을 깎아먹었다. 감을 따는 날 어머니는 광목 앞치마에 단감을 수북이 담아들고, 동네를 돌아다니며 몇 개씩이라도 이웃에게 나누어 주셨다. 그러면 온 이웃에 단감 잔치가 벌어졌다. 이 모습이 내가 기억하는 고향의 인심이고 우리 농촌의 정이었다.

그러나 단감나무에 한 가지 아쉬운 점이 있으니 그것은 바로 단감이 까치밥이 되지 못하는 것이다. 길게 늘어선 감나무들이 대여섯 개씩 누런 감을 매달고 하늘을 받치고 있는 정경은 늦가을 농촌의 정취이면서 낭만이다. 서리가 내리면서 잘 익은 홍시는 까치들에게 식량이 되어 주니, 붉게 익어가는 감은 희망의 상징이다. 그러나 까치의 연약한 부리로 딱딱한 단감나무는 무리일 수밖에 없으니 어린 마음에도 나는 그것이 안타까웠다.

어머니는 단감을 따는 날이면 빛깔이 고운 것으로만 골라 30여 개를 자그마한 바구니에 넣어 손이 닿지 않는 시렁에 감추다시피 올려놓으셨다. 그것은 단감나무를 심고 기른 둘째 형님이 겨울 방학이 되어 집에 돌아오면 주시려는 것이었다. 당시 진주사범학교에 다니던 둘째 형님은 어머니가 건네주신 단감을 몇 개만 먹고는 남겨 두었다가 방학이 끝나면 학교 기숙사에 가지고 가 친구들과 나누어 먹고는 했다.

어린 나는 대나무 광주리에 담긴 감이 다 없어지면 날마다 시렁 위에 얹힌 단감 소쿠리를 올려다보며 침을 삼켰다. 하루 빨리 형님이 진주에서 돌아오시기만을 손꼽아 기다렸다. 형님이 와야 단감을 더 얻어먹을 수 있었기에. 형님은 동생을 위해 웃음 띤 얼굴로 몇 알의 감을 기꺼이 내어주시곤 했다. 그런 막내를 어머니 역시 언제나 모르는 척 넘어가 주시곤 했었다.

양손에 든 단감 봉지가 제법 묵직하다. 오늘 저녁은 식구들과 단감 봉지를 풀어 놓고 포식을 하리라. 그리고 장독대 옆 단감나무의 향수에 젖어 들리라. 어머니가 보고 싶고, 그 시절 그때가 그립고 또 그리워서.

새끼 염소

사진을 정리해 봐야겠다는 생각이 들어 묵은 사진첩을 꺼내 들었다. 그 속에는 그리운 어머님과 보고 싶은 형제들의 사진이 빛바랜 모습으로 붙어 있다. 언뜻 국민학교(초등학교) 2학년 자연 과학 시간에 교내 연못가에 둘러앉아 선생님으로부터 수중 벌레에 대한 설명을 듣고 있는 사진이 나를 옛날로 불러들이는 것 같았다.

만경들 언저리의 황토 밭 언덕에 자리한 황산(凰山) 국민학교, 이 학교는 내가 5학년 1학기 말 해방이 될 때까지 다닌 곳이다. 2학기부터는 읍내에 있는 학교로 전학했기에 졸업도 그곳에서 했지만 황산 국민학교는 식민지 시절, 유년기에 갖은 고초를 겪어가며 다니던 학교라 지금도 잊지 못할 기억이 남아 있는 곳이다.

그 당시 전교생 수는 3백여 명이었고, 교사 수는 일본인 교장을 포함하여 여섯 명이었다. 전시라 모두가 전투복을 착용했는데 예비역 군인인 교장은 긴 일본도를 차고 다녀 그것을 보는 우리를 긴장시키고는 했다. 학교에서는 수업보다 각종 노역(勞役)에 시달렸다. 군마초(軍馬草) 베기와 군용유를 만들기 위해 소나무 관솔을 따는 일뿐만 아니라 여름 방학 때에는 가축 당번을 서야 했다. 너더댓 마리의 집토끼와 낳은 지 두어 달쯤 되는 새끼가 달려 있는 염소를 돌봐야 했다. 특히 염소의 젖은 교장 가족이 먹는 것이라 우리는 염소를 기르는 데 많은 신경을 써야 했다.

2학년 여름방학 가축 당번 때였다. 아침에 등교를 하여 먼저 토끼집으로 갔다. 토끼들은 밥을 줄 사람인 줄 미리 알고 철망너머로 뛰어 나올 듯이 반가워했다. 철망 옆에 남아 있던 풀을 넣어 주고 나면 빈 구럭을 메고 학교 울타리를 벗어났다. 학교 건너편 들판에서 토끼풀을 구럭 가득히 베어다 토끼 집 옆에 쌓아놓으면 다음은 염소의 차례였다.

염소의 집도 토끼집 근처에 있었다. 내가 토끼집에 들락거리자 염소도 시장기가 들었는지 나만 바라보고 있다. 어미와 새끼의 목에 밧줄을 매어 끌고 나왔다. 학교 옆 논밭 도랑의 풀이 많은 곳을 골라 다니며 뜯어 먹었다. 가축 당번인 내 임무는 염소가 배불리 먹을 때까지 지켜보고 있어야 하는 것이다. 그러는 동안 시간이 얼마나 지났을까. 염소는 배가 부른지 더 뜯어먹지 않고 "메~" 하고 소리를 냈다. 새끼는 밧줄에 매였어도 언제나 어미 곁에 붙어있다시피 했다.

교정을 빙 둘러 내 키의 두 배나 되는 플라타너스가 30여 그루 있었다. 그 나무는 여름 한동안 그늘을 드리워 피서지 노릇을 톡톡히 했다. 나는 그 날도 여느 때와 같이 그늘이 짙은 나무 아래 어미와 새끼를 매어 놓고 쉬도록 했다. 어미가 먼저 그늘에 주저앉자 새끼도 따라서 옆에 앉았다. 그러는 동안 점심때가 되었기에 나도 밥을 먹을 겸 교실로 돌아왔다.

　　한 시간쯤 지났을까, 나는 다시 염소가 매여 있는 나무 그늘로 가기 위해 교실을 나섰다. 그런데 언뜻 먼발치에서 보니 어미는 일어서서 나를 보고 있는데, 새끼는 어미 곁에 누워 있는 것 같았다. 이상한 예감이 들어 급히 달려갔다. 그런데 이게 웬일인가! 무엇엔가 놀라 새끼가 날뛰었는지 목에 묶어 놓은 밧줄이 어미의 밧줄에 엉키어 그만 목이 매달려 졸린 채 땅바닥에 쓰러져 있는 게 아닌가. 황급히 엉켜 있는 밧줄을 풀어 보았으나 이미 새끼염소는 죽어 있었다.

　　눈앞이 캄캄했다. 그 순간 그 무서운 교장 선생의 모습이 떠올랐다. 별 수 없이 교무실로 뛰어가 담임선생에게 새끼 염소의 죽음을 알렸다. 방학 때지만 전시(戰時)라 전 직원이 출근해 있었다. 교장과 선생들이 모두 뛰어나와 죽은 새끼 염소 주위에 모여 사인(死因)이 무엇인가 이야기하며 우왕좌왕했다. 나는 아무 말도 못하고 입을 다문 채 벌벌 떨고 있었다. 교장의 염소라 틀림없이 퇴학당하고 말 것 같았다. 한참 후에 담임선생이 나서서 이것은 틀림없이 새끼가 독초를 먹은 것이라며 결론 비슷하게 말했다. 그러자 모두가 그 말에 수긍하는 듯했고 교장도 생각 끝에 머리를 끄덕이며 말없이 교무실로 돌아갔다. 나는 안도의 숨을 내쉬었다. 지옥과 천당을 오가는 심정이었다.

지금도 이따금 그때의 일이 머리에서 떠나지 않고 있다. 내가 왜 그 새끼 염소의 사인을 바른대로 이야기 못 했을까. 만일 바른대로 이야기 했더라면 교장은 나에게 어떠한 처벌을 했을까. 그때 두 마리를 같은 나무에 매어 두는 것은 나뿐만 아니라 당번들 모두가 상습적인 것이었다. 하지만 그 염소가 교장 가족의 양유(羊乳)용이기에 감독 소홀이라는 이유로 나를 퇴학시킬지도 모른다는 무서운 마음에서 입을 다물고 있었던 것이다. 만일 그때 무서운 일본인 교장이 아니고 조선인이었다면 급장(반장)인 나로서 바른대로 사인을 말했을는지도 모른다. 지금도 그때의 일을 생각하면 마음 한편에 가책이 되어 개운치 못한 앙금으로 남아 있다.

사진첩을 넘기면서 생각한다. 살아오는 동안 거짓 없이 나 자신을 드러내어 두려움과 마주서야 했던 일은 과연 몇 번이나 되었던가 하고. 그리고 그때마다 나는 어떠했던가 하고.

가슴 아픈 기억

   서해안 고속도로를 세 시간 남짓 달려 약속 장소에 도착했다. 안으로 들어서자 미리 와 있던 친구들이 반가워하며 다가와 손을 잡는다. 일 년 만의 모임이다. 모두의 얼굴에는 주름살이 하나씩 더 늘어난 듯했지만 건강해 보였다. 한참 동안 이야기판이 벌어졌다. 서로의 건강과 농촌의 살림에 관한 이야기들이다.

   얼마 후 미리 대절해 놓은 봉고차를 타고 생선회가 유명하다는 부안 변산으로 향했다. 차는 드넓은 호남 들판을 달렸다. 끝없는 지평선, 출렁이는 벼 이삭 냄새가 가슴 깊이 스며들자 마음은 상쾌해졌다.

   가을의 서해 바다가 아늑하게 품어 안은 변산반도의 끝자락에 자리한 아담한 횟집에 도착했다. 광어, 도다리, 우럭… 이것저것 모듬으로 담은 푸짐한 회 접시가 상 위에 진열되고 잔에 술이 찰

랑거렸다. 모두의 건강을 위해 건배를 하였다. 술잔이 몇 순배 돌아 모두가 거나하게 취하자 분위기는 흥겨워졌다. 노래 가락이 흘러나오고, 옛 이야기들이 터져 나왔다. 일제 강점기에 어려웠던 시절의 이야기도 흘러나오자 자연스레 나는 다시 친구들에게 미안한 마음이 들었다.

오늘의 이 동창 모임은 철없던 어린 시절 멋모르고 저지른 나의 잘못을 뉘우치는 마음에서 내가 만든 모임이다. 일제강점기에서 초등학교 2학년이 되자, 담임선생은 나에게 급장(반장)을 시켰다. 그 시대의 급장은 담임선생 대신 많은 일을 하였다. 반면 학급에서 무슨 문제가 생기면 급장에 대한 질책이 심했다. 그 당시 교실에는 1미터 정도의 대나무 막대기가 상비되어 있었는데 그것은 때리면서 가르치라는 군국주의 체벌 교육의 도구였다.

수업을 시작하는 종소리를 듣고도 계속 떠들어대는 학생에게 다가가서 나는 매를 들었다. 또 담임선생의 지시에 따라 책임감을 가지고 학급에서 성적이 뒤떨어진 7, 8명에게는 방과 후 두어 시간씩 보충수업을 시켰다. 그래도 성적이 오르지 않고 숙제도 안 해 오는 학생에게는 화가 나서 등이나 손바닥을 몇 번씩 때려 주었다. 그때마다 그들은 벌겋게 자국이 난 손바닥을 움켜쥐고 눈물을 흘렸다. 이럴 때면 내 마음도 편치가 않았다.

교내에서는 전교생에게 조선말이 금지되었다. 그러나 더러 조선말을 하는 사람을 발견하면 조선말 사용 기록 카드에 적어 선생님에게 보고했다. 지금 생각해보면 어처구니없는 일이 아닐 수 없었다.

5학년 1학기에 해방이 되었다. 그때 다른 시골 학교에서 근무하던 형님이 김제 중앙국민학교로 전근해 오셨다. 형님은 나를 5학년 2학기에 그 학교로 전학시켰기에 졸업장은 그 학교에서 받았다.

졸업을 하고 세월이 흐를수록 어린 시절 친구들에게 잘못한 일들이 머리에 떠오르고, 손바닥을 움켜쥐고 눈물을 흘리던 모습이 내 가슴을 몹시도 아프게 했다. 50대에 이르러 생활도 안정되자 친구들이 그리워지고 내 잘못에 대한 뉘우침이 견딜 수 없이 더해 갔다. 그들의 가슴에 남아 있을지도 모를 아픔의 앙금을 덜어 주고 싶었다. 살면서 선한 일은 못할망정 지은 죗값은 갚아야 한다는 것과, 그것이 사람의 도리라는 생각이 들었다.

수소문해 보니 친구들은 거의 농촌의 흙 속에 묻혀 하루하루가 똑같은 세월을 보내고 있었다. 문득 하나의 생각이 떠올랐다. 내려가서 동창회를 만드는 것이었다. 나는 한 친구에게 전화를 하여 초등학교 시절의 잘못을 사죄한다는 나의 뜻을 알리게 하고 모두 모이도록 부탁했다.

모임 장소는 황산다방이었다. 20여 명이 모여 있었다. 졸업 후 40여 년이 흘렀으니 그동안 이리저리 흩어져 겨우 절반 정도의 수였다. 감개무량했다. 농촌의 햇볕에 그을린 구릿빛 얼굴의 주름살엔 고달픈 세월이 스쳐간 듯했고, 그 주름살엔 아직도 그 시절에 흘린 눈물 자국이 남아 있는 듯싶었다. 기금을 마련하고 한 해에 봄 가을 두 번씩 모이기로 하였다. 5학년 2학기에 다른 학교로 전학했기에 나로서는 졸업장 없는 동창 모임이 되었다. 그들은 나에게 회장을 맡으라고 했다. 오랜만에 맞댄 얼굴들, 담백한 농주 사발에 유년의 추억과 우정을 가득히 부어 마시며 회포를 풀었다.

그렇게 만들어진 동창회. 변함없이 30년이 흘렀다. 그동안 친구들의 아픈 앙금은 풀린 듯하고 내 마음속의 부담도 줄어가는데, 하나 둘씩 옛 친구들의 빈자리가 늘어가는 것이 안타깝다. 이젠 절반으로 줄어든 얼굴, 흘러가는 세월이 아쉽기만 하다.

사라져간 모교

이리농림학교에 입학한 것은 해방이 된 이태 후였다. 내가 이 학교를 지망한 것은 명문학교이면서, 집에서 기차 통학을 할 수 있기 때문이었다. 1922년에 관립학교로 설립된 이리농림학교는 삼남 지방 농업 경제 육성의 요람이었다.

그 당시 일제 식민 치하에서 막 벗어나 나라는 가난했고 여러 가지로 어려움이 많은 때였다. 교통편이 달리 없던 때라 집에서 한 시간을 걸어 김제역까지 가서 거기서 통학 열차를 타고 이리(지금의 익산)의 학교까지 두 시간 가까이 걸려 등교했다. 수업을 마치고 집에 돌아오면 밤 열 시가 넘는 것이 보통이었다. 철로는 단선이었고 거기에 원조 자금으로 들여온 증기 기관차조차 너무 낡아 수시로 고장이 나니, 그것을 수리하느라 두서너 시간씩 걸리는 일이 예사로 벌어지기 때문이었다.

하숙을 하려면 한 달에 쌀 서 말이 들어야 했으니 가계에 적잖이 부담이 되어 그대로 견디는 수밖에 없었다. 하지만 같은 처지의 학우들은 그 시간을 절약하느라, 열차의 출발을 기다리는 동안 역 광장 울타리 밑에 헌 종이를 깔고 앉아 책을 보았고 붐비는 기차 안이나 길을 걸을 때에도 영어 단어를 외우는 등 시간을 절약해 학업에 몰두했다.

이리시 북쪽 변두리 5만여 평의 학교 부지에는 농(農), 임(林), 축산(畜産)의 세 개 과의 교사와 실습장이 있었다. 오전에는 수업을 하고 오후에는 실습장에 가서 실습을 했다. 벼 농장과 채소밭, 묘목장에는 소나무, 잣나무, 전나무 등의 상록수와 유실수, 그 외에도 양돈장과 양계장이 있었다. 여기에서 우리는 각 개량종의 연구와 재배법 등을 배웠다. 벼 농장에서 모를 심고 벼를 벨 때는 농과만이 아니라 전교생이 동원되기도 했다. 벼 농장은 학교에서 십여 리가 넘는 익산군의 황등면과 금마면에도 있어, 추수 때가 되면 전교생이 집에서 낫을 준비해 소풍을 겸해 가서 벼를 베기도 했다. 벼를 베고 돌아올 때면 황등면에 있는 원불교의 본원을 구경하기도 하고 금마에 있는 삼한시대의 유적인 미륵사지 석탑을 구경하기도 했다.

임과였던 나는 주로 묘목장에서 실습을 했다. 나는 묘목 중에서 전나무과의 '히말라야시다(Himalaya cedar, 개잎갈나무)'를 가장 사랑했다. 학교 본관 바로 앞에 십여 미터 높이의 히말라야 시다가 서 있었는데, 피라미드형인 그 나무는 우리네 전통의상의 치맛

자락 모양으로 풍요로운 푸른 가지가 온몸을 덮고 있었다. 눈이 오거나 비가 내려도 변함없는 나무의 웅자(雄姿)는 이리농림의 상징이었다. 학교의 모표(帽標)도 그 나무의 형상을 따서 만들었다.

나는 묘목밭의 어린 히말라야시다 근처에서 자라는 잡초를 뽑고 물을 주었다. 그러면서 그 어린 나무가 정문 안에 자리 잡은 거목처럼 자라는 모습을 머릿속에 그렸다. 그럴 때면 나도 언젠가는 저 거목처럼 자랄 것이라는 생각을 했으니, 히말라야 시다는 나의 꿈이요 이상이었던 셈이다.

졸업 후 우리 학우들은 나라의 여러 자리에서 명석한 두뇌로 열심히 일해, 명문의 전당에서 자란 것을 부끄럽지 않게 했다. 그런데 산업화가 진행되면서 사람들의 의식이 농공상(農工商)의 순으로 중시하던 데에서 상공농의 서열로 전환이 되고, 농천하지대본(農天下之大本)은 천하지대하(天下之大下)로 기울어지자 이리농림학교는 입학생 수가 점점 줄기 시작하더니 결국은 운영 불능 상태가 되어 버렸다.

생각 끝에 동창들이 나서서 정부에 건의하여 농공전문대학으로 승격을 시켰다. 그래서 몇 해는 버티고 나갔으나 그것마저 운영이 곤란해지자 결국은 전북대학교에 흡수되고 말았다. 명문의 이리 농림은 그렇게 역사 속에 사라져 가고 말았다. 농업은 우리 삶의 기본인데 농자천하지대본(農者天下之大本)의 요람이 그렇게 스러지다니, 돌이켜 생각해 보아도 안타까운 일이 아닐 수 없다.

3부

서로 하나가 되어

하나가 되는 소원

간헐적으로 내리던 장맛비가 어느 골목에서 쉬고 있는지, 뭉게 구름 사이로 태양이 기웃거리고 있다. 불어난 한강 물을 바라보며 산책을 하고 있는데 언뜻 잔디밭 길섶에 세워져 있는 낯선 석조물이 눈에 들어왔다. 잰걸음으로 바짝 다가가 보니, 며칠 전에도 보이지 않던 시비(詩碑)였다. 흥미로운 마음에 찬찬히 읽어 보았다.

내가 이 강에다/ 종이배처럼 띄워 보내는/ 이 그리움과 염원은/ 그 어디서고 만날 것이다/ 그 어느 때고 이루어질 것이다. (…)
—구상(具常) 〈江가에서〉

구상의 시를 유달영(柳達永)의 글씨로 대리석에 조각한 것인데,

유달영기념사업회의 제자들이 세워 놓은 것이었다.

시를 읽어 내려가는 동안 나도 모르게 가슴속에서 무언가 파도가 일렁거렸다. "이 그리움과 염원은/ 그 어디서고 만날 것이다." 그 구절을 읽으며 이산(離散)의 우리 민족이 떠오른 것이다. 소년기부터 내 마음을 지배하던 간절한 염원, 언제나 우리 민족의 통일을 생각하면 나는 마음 한쪽이 뜨거워지곤 했다.

시비 옆 잔디밭에 주저앉아 흐르는 강물을 바라보며 한참 동안 마음속의 동요를 진정시켰다. 시간이 갈수록 왠지 허허로운 심정이 되어 갔다. 흐르는 강물을 바라보고 있으려니 북한강에서 녹아든 분단의 녹슨 철조망 냄새가 강물을 따라 흘러내려와 콧속까지 스며드는 듯한 감상이 일었다.

나는 그 자리에 누워 지그시 눈을 감고 우리 민족의 통일과 불행했던 역사를 더듬어 보았다. 이 한반도에서 자주독립의 통일시대가 얼마나 있었던가. 삼국시대, 고려시대, 조선조 5백 년, 모두가 떳떳한 통일 독립시대라 하기엔 충분치 못한 것 같다.

신라가 삼국을 통일했다고 하지만 한족(漢族)인 당나라를 끌어들여 백제와 고구려를 멸망시키고, 요동 벌을 포함한 고구려 영토 전부와, 임진강 북쪽에도 있던 백제의 영토 일부를 포함해서 넓은 땅을 당나라에 고스란히 넘겨주고 차지한 땅은 겨우 임진강 남쪽뿐이지 않았던가. 그러니 삼국 통일이 아니라 삼국 분산(分散)이라야 옳은 게 아닐까.

고려시대에는 어떠했던가. 돌이켜보니 고려는 25대 충렬왕 때부터 원나라의 부마국이 되었고, 조선조 5백 년 동안은 세자 책봉만 하려 해도 명나라와 청나라의 승인을 받아야 했다. 그러니 반만 년 역사 동안 자주독립의 시기는 겨우 고려 중엽 350여 년 정도까지라 할 수 있지 않을까. 그 후 지금까지 우리 민족은 침략과 굴욕과 분단의 세월을 겪어 왔다. 그래도 다행이라고 생각하는 것은, 여러 번의 침공 속에서도 외세에 영원히 합병당하지 않고 지금까지 국권을 수호하고 있다는 점이다.

문득 치욕적인 역사의 흔적인 삼전도비를 떠올린다. 병자호란 당시 청나라의 홍타이지(皇太極)가 삼전도(三田渡)에서 인조의 무릎을 꿇게 하고 항복을 받을 때도 그네들의 군사력은 이 한반도를 충분히 저희들의 나라로 합병시킬 수 있었을 것이다. 그런데 왜 그들이 그렇게 하지 않았을까. 영토욕에 불탔던 원나라의 세조 쿠빌라이가 고려의 원종을 굴복시킬 때도 마찬가지, 그것은 하나의 수수께끼인 듯 나의 머릿속에 남아 있다.

어느 사가(史家)의 기록을 보면, 쿠빌라이가 고려의 항복을 받았을 때 그의 신하들이 이 기회에 고려의 왕권을 폐지시키고 한반도를 원나라로 합병시키자고 건의했다 한다. 그때 쿠빌라이가 말하기를, 한민족(韓民族)은 역사의 뿌리가 깊으며 두뇌가 명석하고, 거기에 고구려의 강한 기상이 있어 합병하면 끊임없는 반란과 저항운동 때문에 오히려 더 귀찮을 것이니 이대로 부마국으로 삼아 통솔하는 게 편할 것이라 했다는 것이다. 그러고 보면 청나라의 홍타이지도 같은 생각이었을까.

그토록 두뇌 명석한 민족이 분단된 지 60여 년이 흘렀건만 통일을 못하고 있으니 참으로 가슴 아픈 일이다. 그동안 이념의 그늘에서 우왕좌왕하며 우리가 얻은 것은 무엇인가. 조상으로부터 물려받은 지혜로운 유산은 모두 잊고 있는 것만 같다. 대동강과 한강에서 흘러간 물은 서해 바다에서 한 몸이 되어 대해를 이루고 있거늘, 지금은 통일을 소원하는 노래 소리조차 들을 수 없으니 안타까운 일이다.

자리에서 일어나 강가로 다가선다. 흐르는 물살을 바라보며 나도 마음의 종이배를 강물 위에 띄어 보냈다. 헤어진 사람, 그 어디에서고 만날 것이고 우리가 원하는 것은 그 어느 때고 이루어지리라.

통일을 염원하는 간절한 마음이 물살 따라 저만치 퍼져 나간다.

역사 탐방이 된 관광여행

파도 소리에 잠을 깼다. 아내는 피곤했는지 잠에 취해 있다. 조심스럽게 문을 열고 베란다로 나간다. 만조 시간이 되어 가는지 밀려오는 파도는 호텔 바로 밑까지 차오르고 있다. 태평양 언저리에 있는 유구열도(琉球列島)의 섬나라 오키나와의 해변, 멀리 구름 낀 어스름한 수평선에 정박해 있는 서너 척의 화물선이 마치 한 폭의 수채화 속 풍경 같다.

그동안 서로가 바빠 오붓한 해외여행 한번 제대로 못했기에 이번에는 아내의 생일에 맞추어 마음먹고 떠난 여행길이다. 둘만의 여행이었기에 3박 4일의 일정은 자유스러웠다. 하지만 오키나와가 아름다운 관광지라는 것만 알았지 역사적으로나 지리적으로 아는 것이 전혀 없어, 우리는 먼저 역사를 알고 돌아다니는 것이 효과적일 것이라 생각했다.

아침을 먹고 호텔 직원에게 물어 책방을 찾았다. 현관에 들어서자 그 규모에 놀라고 말았다. 2백여 평의 3층 집에 책이 산더미처럼 쌓여 있어 작은 섬에 이렇게 큰 책방이 있다는 것이 놀랍기만 했다. 직원의 말에 의하면 이곳 외에도 몇 군데 더 있다 하니 그들의 문화 수준을 짐작할 수 있었다. 오키나와 역사책 칸은 따로 마련되어 있었다. 이것저것 뒤적이다 세 권을 골라 들고 호텔로 돌아왔다.

세 권 모두 저자들이 오키나와 태생이고 나하 시(那覇市)에 있는 유구대학(流球大學) 교수들이었다. 책을 읽어갈수록 이 섬이 뜻밖에도 우리나라와 관련된 역사적 사실이 많다는 것을 알게 되었다. 나는 점점 오키나와의 역사 속으로 빠져들기 시작했다. 그저 경관이 좋은 작은 섬이라고만 생각하고 왔는데, 새로운 사실들을 알게 되자 마치 인류 최초로 달나라에 첫발을 디딘 암스트롱처럼 흥분하기 시작했다. 옆에 있는 아내도 상기된 표정으로 열심히 읽고 있었다.

오키나와에서 발견된 인골 화석으로 미루어 보아 이 섬에는 18,000년부터 인류가 생존한 것으로 추정되며, 천여 년 전부터는 왕국이 생겨 1372년엔 유구왕국(琉球王國)으로 상씨 왕조(尙氏王朝)가 5백여 년간을 통치했다 한다. 이 상씨 왕조는 명나라, 청나라와 조공(朝貢) 무역을 하며 한동안 우리나라와도 밀접한 사이였다는 것이다.

고려 말에는 장헌공(張獻功)이 이 섬에 와 고려자기의 기술을 전파했기에 그 후손들이 대대로 나하 시에 살고 있으며 지금은 문중(門中)을 이루고 가보(家譜)도 있다 한다. 또한 조선시대에는 세조가 사신을 보내어 법화경 등의 경전을 기증했으며, 수세기에 걸쳐 상씨 왕조가 공식적인 사절을 37회 파견했고, 조선에서는 불교와 도자기 기술 등을 전파했다고 한다. 게다가 일본의 전국시대를 평정한 풍신수길이 조선 침공을 계획하면서 유구의 상녕(尚寧)왕에게 7천 명 분의 군량미를 조달하고, 전쟁 인부 대신 금과 은 등을 헌납하라고 요구하자 이를 단호히 거절했다고 하는 게 아닌가.

이러한 내용들을 읽어 가노라니 마치 방망이로 쿵쿵 내려치는 듯 가슴이 두근거렸다. 단순히 관광을 목적으로 찾아온 미지의 섬나라가 우리와 역사적으로 이처럼 밀접한 관계에 있었다는 사실은 상상조차 못한 일이기 때문이었다.

오랫동안 상씨 왕조에 불만을 품어 온 일본 본토에서는 1609년 백 척의 군선에 3천 명의 군대를 보내 오키나와를 침공했다 한다. 일방적으로 전승한 후 종속국으로 만들어 지내오다 명치 12년인 1879년에는 무력으로 유구왕국을 완전히 종식시키고 오키나와 현(縣)으로 일본에 강제 편입시켜 버렸다 한다. 이때 합병을 반대하는 많은 독립투사들이 처형을 당했다고 하는데, 이 구절을 읽을 때는 일제 강점기에 우리가 그들에게 똑같이 당했던 일들을 떠올리지 않을 수 없었다.

새로운 사실을 알게 된 우리의 관광 일정은 역사 탐방으로 바뀌었다. 다음날 아침 예약했던 택시가 도착하자 우리는 미리 짜놓은 관광코스를 무시해 버리고 상씨 왕조가 자리 잡았던 수리성(首里城)으로 달렸다.

구릉 지대 수만 평의 숲속에 자리한 웅장한 성은 옛 시절의 여운을 지금도 풍기는 듯했다. 역사를 알고 찾아와서일까, 낯선 생각은 전혀 없고 마치 형제의 나라 고성(古城)을 둘러보는 기분이었다. 중국풍의 성곽에 자기네 특성을 가미한 듯 아름답고 웅장한 수리성, 정전(正殿) 안에 걸려 있는 왕들의 초상이 그 옛날 가깝게 지냈던 조선의 후손인 우리 부부를 정답게 맞아 주는 것처럼 느껴졌다. 동병상련의 심정일까, 정전 뜰에서 성내를 바라보며 서 있노라니 억울하게 침공당한 그들의 안타까운 역사가 내 마음에 아프게 다가왔다.

지금 이 섬에는 약 150만 명 정도가 살고 있는데 그중 90퍼센트가 오키나와 원주민이라고 한다. 이곳저곳 돌아다니는 동안 세 사람의 택시 운전사에게 일본과의 합병이 잘된 것이냐고 물어 보았다. 대답은 모두 똑같았다. 억울하게 당했기에 지금도 옛 왕조를 그리워한다는 것이다. 그들의 가슴속에 강제 침탈의 통한이 각인되어 있음을 알 수 있었다.

여정을 마치고 돌아오는 길에도 무언가 아쉬움이 가득한 내 마음은 그 섬을 맴돌았다. 역사를 되돌릴 수는 없는 일이지만, 천생의 아름다운 섬 오키나와가 옛 왕국으로 남아 있었다면 그들과 우리의 관계는 지금 어떠할까. 일본 본토와 우리의 관계는 그동안 어떠했을까. 여행객의 머리에 떠도는 부질없는 생각은 쉽게 지워지지 않았다.

사서 하는 걱정

추석이 되어 딸들 넷이 우리 집에 모였다. 하도 허약해 염려스럽던 셋째 딸의 얼굴이 제법 토실토실하고 건강한 모습을 보니 다소 마음이 놓인다.

어렸을 때 나머지는 모두 건강한 체질이었는데 유독 셋째만이 허약했다. 그렇게 된 데에는 나의 잘못도 한몫했으리라는 생각에 미안하고 후회스러운 마음을 지울 수 없었다.

나는 그렇게까지 아들을 바라지 않았지만, 어머니는 내가 위로 딸만 내리 둘을 두자 셋째 때에는 부쩍 신경을 쓰셨다. 하루는 어머니께서 "용한 한의를 만났는데 이 약을 한 달 정도 복용하면 꼭 아들을 낳는다더라."고 하시며 한약 묶음을 건네주셨다. 나는 그것을 아내에게 주며 달여서 마시라고 권했다. 친정이나 시댁 모두가 아들 낳기를 바라고 있고 본인도 셋째만은 아들이기를 바라는 마음이었던지 어머니가 지어오신 약을 열심히 달여 마셨다. 그러나 낳고 보니 셋째도 딸이었다. 그렇게 낳은 아이가 유독 허약했다. 그러자 나는 그 한약의 독성이 태아의 발육에 나쁜 영향을 주었으리라는 생각이 들었다. 아무튼 하도 몸이 약해 그런 몸으로는 장래에 사회생활을 하는 데에도 지장이 있을 것 같았다. 결국 아내의 의견에 따라 셋째는 유치원 때부터 바이올린을 가르쳤다. 나름대로 자기 인생을 살아갈 수 있도록 길을 열어 준 것이다.

그 아이가 중학교 1학년 때였다. 우리 아파트 바로 옆의 여의도 침례교회에서 성가대원으로 활동을 했는데, 마침 국빈으로 한국을 방문한 미국의 카터 대통령이 일요일에 그 교회에 들러 예배를 보았다. 그때 성가대원들의 환영 공연을 인상 깊게 본 카터 대통령이 그에 대한 답례로 성가대원들을 백악관으로 초청했다. 성가대원들은 백악관을 포함해서 20여 곳의 미국 침례교회를 돌며 순회공연을 갖기로 하고 약 50일간의 일정으로 출국을 했다.

나 역시 기쁜 마음으로 김포공항까지 가서 환송을 하고 돌아왔다. 하지만 딸이 허약한 몸으로 연주 일정을 따라 넓은 대륙을 돌아다닐 것을 생각하니 안쓰럽기도 하고 걱정이 되었다. 그래서 돌아오는 길에 교회를 찾아가 미국 순회공연의 상세한 일정표를 얻어왔다. 그날부터 딸에게 편지를 써서 십여 일 후 편지가 도착될 곳의 교회에 미리 보냈다. 이렇게 해서 다른 교회를 방문할 때마다 한 교회도 빠짐없이 받아볼 수 있도록 편지를 써 보냈다. 편지의 내용이야 지금 기억이 나지 않지만 아마도 서울의 소식과 함께 내가 경험했던 외국 생활들을 참고로 여행지에서의 주의 사항을 써 보냈을 것이다. 그리고 신자는 아니었지만 '허약한 우리 딸 건강하게 돌아오도록 해 주시라고 하나님께 열심히 기도했다.

드디어 귀국하는 날, 공항에 가서 건강한 모습으로 돌아온 딸을 기쁨에 차서 얼싸안았다. 그때, 성가대의 인솔 책임자가 나에게 다가와 인사를 했다. 방문했던 미국의 교회마다 자기가 그 편지를 받아 딸에게 전해 주었다며, 하도 감탄스러워 서울에 돌아가면 어떤 분인가 꼭 만나보고 싶었다는 것이었다. 나도 그에게 그동안의 해외여행을 무난히 마칠 수 있도록 해 준 것에 고맙다는 인사를 했다.

그 셋째가 대학을 졸업하고 명문 시립 교향악단에 입단하게 되었다. 한 사람의 음악가로서 출발을 하게 된 것이다. 조마조마한 마음으로 딸의 성장을 지켜본 아비로서 무척 기뻤다. 그러나 또 다른 걱정이 뒤를 이었다. 곧 결혼도 시켜야 하고 가정도 꾸려야 할 텐데, 특별한 병치레는 하지 않았다 해도 그 허약한 체질로 아이는 제대로 낳을 수 있을지, 걱정은 떠나지 않았다.

그러던 어느 날 제 외숙모를 통하여 혼담이 들어왔다. 상대는 자신의 은사의 아들인데, Y의과대학 부속병원에서 레지던트로 근무하는 사람이라고 했다. 나는 의사라면 딸의 주치의가 되어 줄 수 있겠다는 생각이 들어, 내심 좋은 상대라고 생각하고 있었다. 그런데 서로 만나고 난 후 그쪽에서도 좋다는 연락이 왔다. 기쁜 마음으로 결혼을 시키고 서울 근교의 신개발도시에서 병원을 차릴 수 있도록 거들어 주었다. 다행히 병원은 성업을 이루었고 나는 딸의 건강에 대해서 마음을 놓게 되었다.

며칠 동안 못 보아서인지 얼굴에 살이 붙어 토실토실한 것을 보니 흐뭇한 마음이 들었다. "너 살이 좀 쪘구나." 하는 아비의 말에 담긴 뜻을 읽기나 한 듯 "네, 아빠." 하고 미소 짓는 딸의 모습이 편안해 보였다. 거기에 이제 건강한 중년이 되어 교향악단의 중견 단원으로 활동하고 있으니 나에게서 셋째 딸에 대한 걱정은 떠난 셈이다.

그러나 한 가지 새로 생겨난 아쉬움이 있다. 나의 경우를 보더라도 요즘 세상에는 늙어 가면서 아들보다 딸이 더 필요한데, 그 아이에게는 아들만 둘뿐인 것이다.

서로 하나가 되어

총각 시절에 나는 사회활동을 하는 사람을 배우자로 희망했다. 특별한 이유가 있었다기보다는 온종일 집안 살림만 하는 것보다 같이 일하는 부부로 사는 것이 더 보기 좋고 건설적일 것이라는 생각 때문이었다.

체격은 날씬한 것보다 좀 뚱뚱한 여성을 좋아했다. 내가 좀 마르고 약한 편이라 살집이 좀 있는 편이 건강해 보이고, 또 그런 사람이라야 건강한 아이를 낳을 수 있으리라 여겨졌다. 때때로 길에서 내가 마음먹고 있는 모습과 비슷한 여성을 만나면 '저런 정도의 여자면 좋겠다.' 생각하며 눈여겨보기도 했다.

그러나 결혼은 일찍 하고 싶지 않았다. 서른을 넘겨 직장에서 자리도 잡고 어느 정도 생활 능력이 갖추어져 경제적으로 가장 노릇을 할 명분이 설 때 하고 싶었다. 하긴 이런 생각은 나만의 것은 아니었을 터, 예나 지금이나 독립심이 강한 젊은이들이라면 공통적으로 갖고 있는 생각일 것이다.

당시 나를 데리고 계시던 형님도 동생의 뜻을 이해하시는 것 같았다. 그러나 문제는 어머니셨다. 어머니 연세 70대에 이르고 내 나이 서른이 되어가자 어머니는 막내아들 결혼 문제에 더욱 성화를 대셨다. 그래서 나이 서른에는 결혼을 해야겠구나 생각을 하고 친구나 집안의 소개로 몇몇 상대를 만나 보았으나 쉽사리 연분이 나타나지 않았다. 나는 배우자를 고르는 기준을 세울 때 형님의 뜻도 중요하지만 형수의 의견에 더 귀를 기울였다. 형제가 많다 보니 자연히 여러 명의 형수를 곁에서 보게 되었던 나는 동서간의 화목이 집안에 얼마나 중요한 일인지 깊이 느꼈고, 한편으로는 형수님의 막내시동생에 대한 정성이 지극했기에 좋은 아내를 맞이하는 것으로 그 고마움에 보답하고 싶기도 했던 것이다.

형수님은 내가 막내로 자랐기 때문에 나이 차이가 별로 나지 않는 색시를 선택하는 것이 좋겠다고 하셨다. 그래서 나도 동갑이거나 나이가 비슷한 여자를 염두에 두었지만, 당시에는 그 또래면 노처녀 대접을 받았기에 나이 지긋한 처녀가 그리 흔치도 않았다.

공장에서 시험실장으로 재직하고 있던 어느 날이었다. 회사의 회장님이 "황 군은 왜 여태 장가갈 생각을 안 하나?" 하고 물으셨다. "아직 색시가 없습니다." 하고 대답했더니, "그럼 내가 중매를 서 볼까." 하시는 것이었다. 며칠 후였다. 나보다 네댓 살 정도 아래로 보이는 청년이 공장에 찾아왔다. 나중에 알고 보니 회장님 친구의 아들로, 자기 누이의 배우자감으로 나를 선보러 온 것이었다.

나의 안내로 공장을 이곳저곳 구경하고 난 그는 내게 호감이 있었던지 자기 누님을 한번 만나보지 않겠느냐고 했다. 나도 그 청년이 싫지 않아 이틀 후 그의 누이를 만나기로 약속을 정했다. 장소는 충무로 입구 대연각 빌딩 자리에 있던 '서울다방'으로 했다.

이틀 후 퇴근하고 약속 장소에 가보니 둘이 먼저 와 앉아 있었다. 선보는 상대는 바라는 만큼 통통한 모습은 아니었지만 첫인상이 지적이어서 호감이 갔다. 동생이 먼저 자리를 뜨고 둘이서 두어 시간 이야기를 하고 헤어졌다. 그때는 어머니가 하도 서두르시던 때라 내가 누군가를 만났다는 사실을 집안에 알리면 일일이 대답하기가 귀찮을 것 같아 아무에게도 말을 꺼내지 않고 지냈다.

며칠이 지난 후 형수에게 슬며시 이야기를 건넸다. 형님은 형수로부터 말을 전해 듣고 나를 부르셨다. 명문 대학을 나와 사범학교 선생을 지내는 데다 나이도 나와 한 살밖에 차이가 나지 않는 것에 호감을 느끼셨던지, 내게 웬만하면 빨리 결정을 하라고 하셨다. 말씀대로 얼마 지나지 않아 을지로 입구의 중화반점에서 신부 쪽의 아버지와 내 쪽에서는 형님, 그리고 우리 두 사람이 만나 집안끼리 인사를 했다. 상견례가 있은 두 달 후에 조선 호텔 앞에 있던 중국집 아서원에서 약혼식을 했다. 식을 끝내고 밖에 나오니 푹한 겨울날에 함박눈이 펄펄 내려 모두가 서설(瑞雪)이라고 반가워했다. 그해 5월, 우리는 필동 입구에 있는 아스토리아 호텔에서 결혼식을 올렸다.

신혼여행은 3박 4일 예정으로 해운대로 갔으나, 한 곳에만 있는 건 무의미할 것 같아 첫날은 해운대, 둘째 날은 동래온천, 마지막 날은 경주로 갔었다. 그때 우리는 처음으로 비행기를 타 보았다. 여의도 비행장에서 타고 부산의 수영 비행장에서 내렸는데, 우리 부부에게 의미가 있는 이 두 비행장은 아쉽게도 지금은 역사 속으로 사라졌다.

신혼 몇 달간 필동의 집에서 지낸 후, 형님이 노량진 역 근처에 열 평짜리 전세방을 얻어주시어 우리는 제금 나게 되었다. 아내의 직장이 인천이고 나의 직장은 영등포구 개봉동이라 우리 출퇴근의 편리함을 감안하여 정해주신 곳이었다. 남남이 하나가 된 우리는 그 전세방에서부터 열심히 살기 시작했다. 그동안 네 번씩이나 무거운 만삭의 몸으로, 추운 겨울철에도 학생들을 가르치느라 백 리 길인 인천의 직장까지 기차로 출퇴근하던 아내의 모습을 어찌 안타까움 없이 돌이킬 수 있을까.

이제 돌아보니 꼬박 50년의 이야기다. 그동안 네 딸들은 탈 없이 성장하여 의젓하게 가정을 이루고 있다. 긴 세월을 거쳐 나와 함께 황혼기에 이른 아내는 요즘 서예에 전념하는 한편 다른 취미 생활로도 바쁜 나날을 보내고 있다. 돌이켜보면 총각 시절 내가 바라던 배우자의 꿈을 그대로 이룬 셈이니 모든 것이 신의 축복이 아닐 수 없다.

추석날 아침

　잊을 수 없는 날이다. 아버지처럼 나를 거두어주신 셋째 형님
이 세상을 뜨신 것이 바로 추석날 아침이다. 형님은 팔순이 되도
록 별다른 병치레 없이 건강하셨다. 그러던 어느 날 모처럼 만난
친구들과 늦도록 과음을 하고 귀가하셨다. 다음날 아침 의식을
잃은 채 소파에 쓰러져 계시는 것을 형수님이 발견하고 구급차를
불러 병원으로 모신 지 일주일 만이었다. 생각해 보면 평상시 남
에게 신세를 지거나 폐 끼치는 것을 극도로 꺼리신 당신의 생활신
조대로 조용히 세상을 떠나신 것이다.

　일곱 살 때 아버지를 여읜 나는 거의 그 형님의 품속에서 성장
하였다. 유년시절 형님 곁에는 언제나 싸리나무 회초리가 있었
다. 그것은 내가 잘못했을 때 종아리를 맞는 것인데, 형님이 내
손으로 울타리에서 잘라오게 해 만들어 놓은 매였다. 막내인 내

가 더러 어머니를 귀찮게 하거나 공부는 소홀히 하고 놀기만 할 때, 나를 앞에 세워놓고 잘못을 설명한 후 종아리를 걷으라 하셨다. 그것은 지극한 사랑과 교훈의 매였다.

우리 형제 중에서 어머니에 대한 효성도 제일 지극하여 집안의 구심점 노릇을 하셨다. 동리에서도 모범생으로 이름이 나, 이웃끼리 사소한 말다툼이 있을 때에는 형님을 불러 화해의 자리를 만들고는 했다.

고향의 우리 마을은 수려한 황산(凰山) 기슭에 자리 잡고 있었는데, 그 옆 계곡에 유명한 약수터가 있었다. 추석날이면 약수를 마시려는 무수한 사람들로 약수터는 아침부터 해 질 때까지 붐비었다. 사람들을 따라 많은 먹을거리 장사들이 그곳으로 모여들었다. 그 때 옆 동리에서 네댓 명의 싸움꾼들이 몰려와 시비를 걸고 소란을 피웠다. 거기에 항의하는 우리 마을 사람 몇이 그들에게 두들겨 맞았다. 그 말을 들은 형님이 달려가 웃옷을 벗어 던지고 목검(木劍)을 휘둘러 모두 쫓아버린 일은 당시 우리 마을에서 유명한 이야기였다. 그날의 그 용맹했던 모습은 지금껏 나의 기억에서 떠나지 않고 있다.

그 시절 형님은 매일 아침 일찍 일어나 목검으로 검도 연습을 했었다. 당신의 나이 18, 19세 때였다. 당시 형님이 일제의 징병으로 끌려가게 되는 얼마 전에 만주로 도망가겠다고 집을 나설 때, 어머니가 우시면서 찰떡꾸러미를 건네주시던 기억도 새롭다. 그때 형님은 압록강을 도강하다 일경의 검문에 걸려 불순분자란 의심을 받고 김제 경찰서로 끌려왔다. 그 후 한 달 동안 갖은 고초를 겪다 석방되셨다. 한때는 영어공부를 한다는 소문이 나 주재소(파출소)에 끌려가 조사를 받고 온 일도 있었다. 돌이켜 보면 형님은 우리나라가 스스로 힘을 키워야 한다는 독립사상이 깊은 분이었다.

초등학교 때였다. 나는 공부를 하다가 어려운 것이 나오면 언제나 형님께 물어보았고, 학교에서 받은 시험지는 모두 보여드려야 했다. 그러니 열심히 공부하지 않을 수 없었다. 그런데 한 번은 시험지를 받아보니 98점이었다. 나는 틀림없이 야단을 맞을 것 같아 보이지 못하고 책 속에 숨겨 두었다. 그러다 우연한 기회에 형님이 그것을 보시게 되었다. 나는 깜짝 놀라 가만히 서 있는데, 시험지를 물끄러미 바라보던 형님은 아무 말 없이 웃음 띤 얼굴로 나에게 돌려주셨다. 혼날 줄 알고 두근거리던 가슴이 그제야 진정이 되었다.

고등학교를 졸업할 무렵 대학 진학 문제가 나왔을 때, 문학을 하고 싶어 인문대학에 가려는 나를 형님이 공과대학으로 가게 하셨다. 그것은 지금 돌이켜 보면 내 인생의 중요한 분기점이 된 결정이었다. 기술계로 온 것이 잘 된 것인지 아니면 문학을 하는 것이 더 좋았을지 알 수 없는 일이지만, 나로서는 기술 계통에 종사하면서 불만이나 후회를 해 본 적은 한 번도 없었다. 다만 문학에 대한 미련만은 가슴속을 떠나지 않았다.

형님이 서울에서 벌인 사업이 순조로워 내가 대학을 졸업하자마자 바로 상경하게 된 것이 내가 기술인으로서 도약하게 된 직접적인 계기가 되었다. 대학원에 진학시켜 제지공학을 공부할 수 있게 배려해 주셨고, 그로 인해 지금의 아내도 만나게 되었으니 그때 내가 서울에 올라오지 못했더라면 군산의 그 제지 공장에서 한평생을 지냈을지도 모르는 일이다.

　내 나이 50에 이르러 사업이 순조로워지자 비로소 나는 형님께 조금씩의 용돈을 보내 드릴 수 있었다. 나는 6, 70이 넘어서도 무슨 일이 있을 때마다 형님을 찾아가 말씀을 드리고 자문을 받았다. 그러니 평생을 형님의 사랑과 교훈 속에 살아 온 셈이다. 형만한 아우는 없다더니, 나는 형님의 은공에 제대로 보답하지 못한 것이 늘 가슴 쓰리다.

　오늘 추석날 아침, 형님이 우리 곁을 떠나신 지 여덟 해가 되었다. 내 나이도 팔순을 넘어서고, 젊어서 못했던 문학 공부를 뒤늦게 시작한 지도 네 해가 지났다. 이처럼 늦게나마 미련을 버리지 못한 문학을 다시 시작할 수 있게 된 것도 모두 당신의 은덕이 아닐 수 없다. 지금은 살아 계신다 해도 말리지 않고 기뻐해 주셨을 것이다.

　오늘 나는 형님이 손수 난(蘭)을 치신, 당신의 체취와 손때가 서린 쥘부채[合竹扇]를 왼손에 꼭 쥐고 하염없이 그리운 마음으로 이 글을 쓰고 있다.

눈 내리는 강변에서

눈 내리는 설원을 가르고 강물은 조용히 흐르고 있다. 이 강변의 섬 마을인 여의도로 옮겨온 지도 어언 반평생이 흘렀다. 그동안 강변은 나의 유일한 산책길이고 친구였다.

맑은 강바람을 마시며 걸어가면 착잡했던 머리는 맑아지고, 더러는 글을 쓰다가 막혀 여러 날 고심하던 글귀가 쉽게 떠오르기도 한다. 나는 여기를 사철 걷지만 유독 눈 내리는 날은 더 정겹다.

그동안 이 둔치는 화려한 공원으로 변모했지만, 우리 가족이 이사 왔던 초기 20여 년간은 갈대와 잡초들의 군락지였고, 풀벌레와 들새들의 서식지였다. 잡초를 제치고 만들어 놓은 산책길은 마치 농촌의 논두렁 같았고 그 길을 걸으면 크고 작은 곤충들이 여기저기 튀어 나오기도 했다.

그때는 지금의 공원보다 자연의 묘미와 풍치가 있었다. 강가에

휘늘어진 갯버들이 눈을 맞고 있는 설경은 한 폭의 그림과도 같았다. 달 밝은 가을밤이면 풀벌레들의 소리가 흐르는 강물과 화음이 되어 들려왔는데, 그런 정경은 지금의 공원에서는 느낄 수 없는 자연의 정취 그대로였다.

지금은 공원 잔디밭 이곳저곳에 돗자리를 깔아 놓고 네댓 명씩 둘러앉아 소주잔을 기울이며 거나하게 취해 있고, 더러는 아이들을 데리고 온 가족들과 소풍 나온 학생들이 뒤섞여 떠드는 소음판이 되었다. 선착장 유람선에서 호객하듯 틀어 놓은 음악 소리는 마치 찌그러진 양철통을 두드리는 소리 같아 이 모든 광경은 옛날의 둔치에서 느꼈던 것과는 거리가 멀다.

오늘의 눈 내리는 강변의 정경은 다른 때와는 사뭇 다르다. 인적이 뜸하여 조용하고, 먼 북녘 땅의 혹한을 피해 찾아온 철새들의 정겨운 울음소리만이 흐르는 강물에 여울져 눈 내리는 강변을 더욱 정감 있게 한다.

눈은 내려도 날씨는 푸근하다. 나는 벤치에 걸터앉았다. 잠시 있으니 한 쌍의 노부부가 내 앞을 한가롭게 걸어간다. 서로 두 손을 잡고 흐르는 강물을 유심히 바라보며 걸어가는 모습이 인상적이다. 그들의 표정은 무언가 깊은 상념에 잠겨 있는 듯하다. 무슨 생각들을 하는 것일까. 젊은 세월이 저 강물처럼 허무하게 흘러간 것을 아쉬워하는 것일까. 눈길에 남기고 간 그들의 발자국을 무심코 바라보고 있자니 내리는 눈에 덮여 발자국은 점점 사라져 갔다. 마치 살아온 흔적이 세월에 묻혀 버리는 것처럼. 발자국이 사라지듯 흘러간 세월 속에서 얼마나 많은 전설과 삶의 애환이 이 강물에 흘러갔을까 생각하니 어쩐지 마음이 숙연해진다.

병자호란 때 남한산성을 침공하려고 몰려온 수많은 오랑캐 떼들을 건너게 할 때의 이 한강물은 얼마나 가슴이 쓰렸을까. 6·25 피난길, 갑자기 폭파된 한강교 밑으로 떨어져 희생된 수많은 사람들. 대원군의 종교탄압으로 절두산 밑 강물에 떨어진 순교자들. 한에 서린 그 영혼들은 아직도 잠들지 못하고 흐르는 강물 위에 서성거리고 있지는 않을까. 나는 머리 숙여 그 님들의 명복을 빌어 드린다.

강물은 이러한 애환의 역사와 때로는 폭풍우 속에 노도처럼 밀려온 진흙탕 홍수도 모두 잊은 듯, 흩날리는 눈송이를 받아 안고 묵묵히 흐른다. 나는 이정표 없는 황혼 길을 머리에 그려본다. 아마도 어느 땐가는 내 영혼도 이 강물 위에 흘러가리라.

눈 내리는 강변에 앉아, 숱한 사연을 안고 말없이 흘러갔을 물줄기를 바라보고 있노라니 왠지 한없이 감상적인 심정이 된다. 나 또한 여러 일을 겪으며 살아온 지난 세월이 저 강물이 흘러가듯 덧없이 느껴져서일까, 쌓이는 눈 속에 흔적 없이 사라지는 발자취마냥 허무해 보여서일까.

호주에서 만난 농부

명절에 품질이 좋은 호주산 포도주를 선물로 받았다. 식구들과 즐거운 분위기 속에 한두 잔을 마시니 은근히 취기가 오르며, 그 기분을 따라 호주 농촌에서의 한때가 머릿속에 떠오른다.

30대 초반, 호주 정부의 지원으로 멜버른 남쪽에 있는 제지 공장에서 기술 훈련을 받고 있을 때였다. 그곳 정부의 주선으로 내륙 지방에 있는 에츄카라는 농촌으로 여름휴가를 가게 되었다. 그것은 도회의 생활에서 벗어나 자기네 나라 농촌을 구경하라는 취지였다. 태평양 연안의 깁스 랜드 산맥 자락에 있는 작은 도시인 트레롤곤 역을 떠난 때는 아침 여덟 시, 기차는 멜버른을 지나 계속 북으로 달렸다. 광활한 대륙, 끝없이 펼쳐진 밀밭의 푸른 물결은 태양 볕 아래 일렁이고, 수많은 양떼들이 뛰노는 초원의 풀 냄새가 차창 안으로 스며들었다.

고향에서 멀리 떠나와 드넓은 대륙을 달리는 나의 마음은 즐겁기보다는 어쩐지 부럽고, 한편으로는 착잡하기도 했다. 우리도 고구려의 전성기에는 이토록 넓은 땅에서 마음껏 말을 타고 달리지 않았을까. 어쩌다 대륙의 끝자락인 반도로 밀려나 그나마도 남북으로 갈라져 있는가 하는, 어려서부터 가져 온 생각이 다시 머리를 드는 것이었다.

열 시간 가까이 달려 황혼이 깃들 무렵 목적지인 에츄카 역에 도착했다. 집 한 채 없이 넓은 밀밭 한가운데 있는 농촌 지역의 시골 역에 내리는 승객은 나를 포함해서 세 사람뿐이었다. 밀짚모자에 반바지 차림으로 마중 나온 농부를 따라 넓은 밀밭 가운데에 있는 외딴집에 도착했다. 식구라고는 농부와 그의 아내, 그리고 서너 살 된 사내아이뿐이었다. 농부의 아내는 만삭이었다.

다음날 아침이었다. 먼 길을 오느라 피곤할 테니 집에서 쉬라고 하면서 농부는 트랙터를 몰고 나갔다. 농장으로 가는 모양이었다. 나는 집 주위를 둘러보았다. 3, 40평 되는 본채 옆에 창고로 지은 듯이 보이는 백여 평 가량의 건물이 있었다. 안을 본 순간 나는 깜짝 놀랐다. 거기에는 각종 농기구와 함께 기구를 수리할 수 있는 소형의 선반(旋盤)과 용접기가 갖추어져 있었기 때문이다. 농기구를 수리할 수 있는 도시가 멀어, 스스로 고쳐서 사용할 수 있도록 작은 수리 공장을 갖추어 놓은 셈이었다. 그래서 밭갈이에서 추수까지 모두 기계화되어 있는 것이다. 문득 고향의 농촌이 생각났다. 쟁기로 밭을 갈고 씨를 뿌리고, 추수 때는 홀태질을 하는 등 거의 원시적인 방법…. 우리는 언제나 이처럼 기계화가 될는지 이 나라가 너무도 부러웠다.

집 뒤편으로 돌아가 보았다. 그런데 이건 또 웬일인가. 백여 평 정도의 땅이 채소밭인지 잡초 밭인지 분별하기 어려울 만큼 방치되어 있었다. 가까이 가보니 토마토와 양파와 잡초가 공생하고 있었다. 집주인인 농부는 밀밭에 매달려야 하고 부인은 만삭이니 채마밭을 가꿀 손길이 없는 것이었다.

나는 기계 창고로 되돌아가 헌 밀짚모자와 괭이와 호미를 들고 나왔다. 무더운 날씨였다. 구럭만한 밀짚모자를 푹 눌러쓰고 호미로 잡초를 파내기 시작했다. 오전 중에 잡초 밭을 절반은 매었다. 땀이 줄줄 흘렀다. 오후에 남은 것도 마저 끝냈다. 말끔해진 밭을 쳐다보니 기분이 좋았다. 해 질 무렵 밀밭에서 돌아온 농부가 그것을 보고 나에게 "땡큐"를 연발했다.

다음날이었다. 농부의 트랙터 옆에 타고 밀밭으로 갔다. 밭에 울타리를 치고 있는 중이었다. 콘크리트로 만든 말뚝과 철망이 밭가에 놓여 있었다. 그 일을 농부 혼자 하던 참이라 나는 그를 도와주기로 했다. 내가 말뚝을 세워 잡고 있으면 그는 쇠망치로 쳐서 땅에 박았다. 혼자 하는 것보다 힘도 덜 들고 진도도 빠르니 그가 좋아했다. 나중에는 나도 쇠망치를 받아 들고 둘이 번갈아 가며 박았다. 쉬엄쉬엄했는데도 날씨가 더우니 밀짚모자 아래로 땀이 줄줄 흘렀다. 고향이 농촌마을이었어도 칠 남매의 막내로 자란 나는 논밭에 가서 풀 한 포기 뽑아 본 경험이 없었다. 그러나 그 나라에서 공으로 얻어먹고 기술도 배우는 것에 대한 미안한 감도 있던 참에 잡초를 뽑고 말뚝 박는 일을 거들어 주고 보니, 빚을 조금이라도 갚는 듯한 느낌이었다.

해가 기울 무렵 농부의 집으로 돌아왔다. 피곤한 몸으로 잠시 동안 침대에 누워 있으면서 그 농부의 생활을 돌이켜보았다. 30대 후반으로 인부 한 사람 쓰지 않고 그 넓은 땅을 혼자서 일구고 있는 그, 말수 적은 묵묵한 표정에 하도 열심히 일을 해서 손과 발이 마치 황소의 발굽처럼 변해 있던 그. 온종일 트랙터와 울타리 말뚝을 친구삼아 고독을 달래며 넓은 밀밭에 운명을 걸고 있는 그의 집념에서, 종이에 관한 기술을 배우는 그 이상으로 내 인생의 교훈을 얻은 느낌이었다.

그 날은 크리스마스이브였다. 캐럴도 트리도 없는, 참으로 멋없는 한여름의 크리스마스였다. 그래도 칠면조 고기는 마련했는지, 농부는 나에게 수고했다는 인사와 함께 호주산 포도주와 칠면조 고기를 권했다. 처음 먹어 보는 고기였다. 말뚝을 박느라 피로했던지 두어 잔의 포도주에 취기가 올라왔다. 그러자 고향 생각이 간절해졌다. 징글벨 노랫소리에 함박눈 흩날리는 정겨운 크리스마스이브, 사계절이 아름다운 천혜의 땅에 태어난 것이 새삼스레 행복하다는 생각이 들었다.

오늘 모처럼 포도주의 취기에 젖어, 50년 전 이국에서 맞았던 한여름의 크리스마스이브를 떠올린다. 그 순박한 농부와 포도주로 건배하던 모습을 마음속에 그리며 나는 가족들에게 그때 그 시절 이야기보따리를 풀어 놓는다.

다시 찾은 하버브리지

적도(赤道) 너머 계절이 거꾸로 흐르는 나라, 초여름의 날씨는 청명했다. 하버브리지* 바로 옆에 있는 고급 호텔에 들어서자 언뜻 눈에 띄는 것이 있다. 삼성 텔레비전, 우리의 것이 아닌가. 나라가 가난했던 옛 시절, 이곳에 얽힌 정이 새삼스러운 나로서는 격세지감을 느끼지 않을 수 없다. 그때에 비하면 지금 우리의 국력은 얼마나 많이 성장했는가. 깊은 감회에 젖어 창문 너머로 다리 밑을 흐르는 시드니항의 강물을 바라본다. 기억 속의 하버브리지 위로 초라한 모습의 내가 바쁜 걸음으로 지나가는데, 지금의 나는 어엿한 손님으로 아내와 함께 그 다리가 내다보이는 고급 호텔에 찾아든 것이다.

내 나이 서른 살, 영등포 변두리에 있던 작은 제지 공장에 근무하고 있을 때였다. 저개발국 원조 기구의 주 후원국이었던 호주 정부에서는 콜롬보 플랜이란 이름 아래 후진국의 기술자들을 양성시켰는데, 나도 그 일원이 되어 호주 각 지방의 제지 공장에서 일 년 반 동안 기술 훈련을 받았다. 우리들이 배운 것은 종이의 품질 향상과 생산 기술 등이었다.

생활비는 호주 정부로부터 두 주마다 송금되어 왔다. 호텔비와 교통비, 잡비 등을 포함한 여유 있는 금액이었다. 그러나 가난한 나라에서 전셋집에 살고 있는 맞벌이 부부로서 나 홀로 호강스러운 생활을 할 수는 없는 일, 나는 도착한 일주일 후부터 자취를 시작했다. 생활비의 절반 정도가 절약되었다.

하버브리지 바로 북쪽 강변, 강북 시드니의 맥마흔스 포인트는 집들이 낡고 방값도 저렴해 유럽이나 러시아 등에서 이민 와 사는 사람들이 많았다. 그때 나는 이태리인의 방을 싼 값에 얻어 자취를 했다. 그러나 서양식 밥을 해먹는 것은 쉬운 일이 아니었다. 마침 옆방에 말레이시아에서 유학 온 자오(趙)라는 내 또래의 화교 출신이 자취를 하고 있었다. 그와 친하게 지내면서 그로부터 간단한 중국식 요리법을 배우기도 했다. 지금도 기억에 남아 있는 요리법은 닭다리를 프라이팬에 놓고 전분과 기름으로 묻혀 불에 익힌 다음 빵이나 야채 등과 같이 먹는 것이었다.

그러나 늘 김치 생각이 간절했다. 짜고 매운 것에 길들여진 뱃속에 기름기만 들어가니 소화 불량이 생겨 이따금 설사도 하였다. 어느 날 집에서 고추장에 쇠고기를 넣어 볶은 것을 항공편으로 보내왔다. 식사 후 방에 가서 한 숟가락 먹고 나면 속은 개운했지만 밤에는 계속 물을 들이켰다. 중국인 식료품상에서 작은 사기그릇에 담긴 새우젓을 사왔다. 곰삭은 냄새 때문에 식당에 두지 못하고 내 방에 둔 채 식후에 조금씩 집어 먹기도 했다. 그래도 이것들을 먹고 나면 느글거리던 뱃속이 좀 진정되는 느낌이었다. 김치가 얼마나 소중한 음식인지 외국 생활을 통해 뼈저리게 느낀 시절이었다.

공장 출퇴근 버스의 정류장은 강남 시드니의 중심가에 있었다. 자취집에서 도보로 반시간 정도의 거리였다. 전철이나 버스의 노선은 오히려 불편하여 나는 날마다 아침저녁으로 하버브리지를 걸어서 건너다녔다. 그때마다 노량진의 집에서 한강 다리를 건너는 것 같아 집 생각이 더했고, 낳은 지 스무날밖에 안 되는 맏딸아이의 모습이 눈에 어른거렸다.

낮에 공장에 있는 동안은 바빠서 잊어버릴 수 있었으나, 일을 끝내고 숙소에 돌아오면 향수가 밀려왔다. 그때의 유일한 위안은 집에 편지를 쓰는 것이었다. 국제전화는 요금이 비싸 할 수 없었고 편지는 보통 보름이 걸렸다. 거의 날마다 집에 편지를 쓰면서 가족 생각에 잠기고는 했다. 집에서는 한 달에 한 번 정도 편지가 왔는데 그 편지들을 받아 볼 때의 반가움이란 이루 말로 표현할 수가 없을 정도였다.

짐을 풀고 하버브리지에 나가 보았다. 50년 만에 다시 찾아온 정든 다리, 감개무량하고 꿈만 같았다. 교각 난간에 기대어 흐르는 강물을 바라보고 있으니, 허기진 몸으로 숨 가쁘게 뛰다시피 건너다니던 젊은 날의 내 모습이 바로 엊그제인 듯 선명하게 떠오른다.

다리 건너 시드니 북쪽의 옛 자취 집을 찾아가 보았다. 검은 머리에 눈동자가 동그랗던 이태리인 집주인 부부도 없고, 포플러 나무에 기대어 서 있던 단골 이발소가 있던 길거리도 모두 흔적이 없다. 새로 난 도로가에 높은 빌딩과 고급 빌라형 주택들뿐이었다. 그런데 더욱 아쉬운 것은, 가격표대로 돈을 내고 물건은 직접 가져가라던 두서너 곳의 무인(無人) 상점들조차 모두 사라진 것이다. 낯선 길거리에 한참 동안 우두커니 서서 그 옛날을 생각하니 프라이팬에서 익어 가던 닭다리의 맛있는 냄새가 콧속으로 스며드는 듯했다.

옛 기억을 되살려 이곳저곳을 더 둘러보다 호텔로 돌아왔다. 이곳에 와서 무엇을 찾으려 했던가. 옛 시절에 대한 그리움인가, 젊음에 대한 향수인가. 어쩐지 마음이 허전하기만 했다. 나는 다시 창문을 열고 만감이 교차하는 심상을 들여다보는 마음이 되어 흐르는 강물을 바라본다. 말없이 옆에서 따라만 다닌 아내가 무슨 생각을 했을까 문득 궁금했다. 아마도 삶을 위하여 가방을 들고 이 대륙을 헤매던 젊은 남편의 모습을 연민어린 마음으로 그려 보고 있지는 않았을까.

이젠 우리의 세월도 저 물길을 따라 흘러갔는가. 하버브리지를 스치고 불어온 낯설지 않은 바람이 우리의 흰머리를 아쉬운 듯 어루만진다.

*하버브리지 : 시드니 시를 남북으로 잇는 다리

보릿고개

오늘은 초등학교 동창회가 있는 날이다. 친구들과 봉고차를 타고 부안 변산반도에 있는 횟집으로 가기 위해 호남 들을 달린다. 차창 너머로 훈풍에 일렁이는 푸른 보릿잎 물결이 시야 가득 들어온다. 지금은 이렇게 아름다운 풍경을 흐뭇한 마음으로 바라보지만 그 옛날 어렵기만 하던 보릿고개를 어찌 우리 또래들이 잊을 수 있으랴.

일제 강점기, 이른 봄부터 땀을 흘려 지은 농사는 추수가 시작되면 공출(供出)이란 명목으로 일제가 거의 다 수탈해 갔다. 당시 농촌에서는 벼를 빼앗기지 않기 위해 잘 숨겨두는 것이 무엇보다 큰일이었다. 가장 안전한 방법이야 땅속 깊이 묻어두는 것이겠지만 부피가 커 그렇게 할 수는 없어, 겨우 텃논에 쌓아 놓는 볏짚 무더기 속이나 헛간 잿더미 속에 묻어 두는 정도였다.

그러나 면서기 등을 앞세운 왜경은 긴 대나무 창으로 이곳저곳을 쑤셔서 용케도 볏가마니를 찾아내어 빼앗아 갔다. 식량을 빼앗기지 않으려고 필사적으로 매달려 울부짖던 아낙네들의 모습이 지금도 뇌리에 아프게 못 박혀 있다. 그래도 헛간이나 광 속에 숨겨둔 것을 가까스로 들키지 않고 지켜, 온 식구가 그것으로 보릿고개를 넘길 때까지 연명해야 했으니 그동안의 굶주림이야 이루 말할 수 없는 참상이었다.

숨겨둔 벼를 조금씩 꺼내어 겨울 한동안 먹고 지내는데 보릿고개까지 넘길 생각을 하면 죽으로 끼니를 때우지 않을 수 없었다. 보릿고개가 되면 당연히 쌀밥이란 구경을 할 수가 없어 풀뿌리든 나무껍질이든 먹을 수 있는 모든 것을 동원해 죽으로 연명을 했다. 보릿고개를 가까스로 넘겨 햇보리가 나온다 한들 수확한 보리의 양이 넉넉할 리 없었다. 더러는 보리밥을 먹기도 했지만 늘 죽을 끓여 먹어야 했다. 산과 들에서 뜯어온 나물로 죽을 끓이고 때로는 소나무 껍질을 벗겨 먹기도 했다. 그러니 모두 영양이 부족하여 얼굴이 누렇게 부어 부황(浮黃)이 난 사람도 많았다.

우리들에게서 추수한 곡식을 모두 빼앗아간 일제는 콩깻묵을 먹을 것이라고 배급해 주었다. 일제가 만주에서 콩으로 기름을 짜고 남은 찌꺼기였으니 영양가란 없이 가축의 사료로나 쓸 수 있는 것이었다. 이것을 맷돌만한 모양의 크기로 덩어리를 만들어 우리에게 식량이라고 나누어 주었다. 우리가 농사지은 쌀은 거의

다 일본 본토로 가져가 저희들은 배불리 먹고 우리에겐 콩깻묵을 먹으라고 준 것이다. 그래도 먹을 것이 없으니 어쩔 수 없이 그것을 갈아서 죽을 쑤어 먹었는데 맛도 역겨웠고 더러는 설사를 하기도 했다. 그래도 햇보리가 나올 때까지는 무엇이든 먹으며 견뎌야 했다.

햇보리가 나오기 시작하면 여물기도 전에 베어다 죽을 쑤어 먹었다. 학교에 갈 때면 어머니는 손바닥만한 보리개떡 한 개를 호주머니에 넣어주며 점심때 먹으라고 하셨다. 점심 도시락인 셈이었다. 점심시간이 되면 그것을 꺼내어 먹었는데, 가난하여 그것마저 가져오지 못하는 친구와 나누어 먹기도 했다.

학교가 끝나고 집에 돌아올 때면 서너 명의 친구들과 남의 보리밭에 슬금슬금 들어가 아직 덜 익은 햇보리 목을 한 주먹씩 잘라왔다. 바위틈에 불을 때어 그것을 구워서는 까맣게 탄 보리 목을 손바닥으로 비벼 파란 보리알을 먹었다. 그러면 손바닥과 양 볼은 검둥이가 되지만 시장기는 조금이라도 면할 수 있었다.

햅쌀이 나올 때까지 보리는 고마운 양식이었다. 하지만 보리농사조차도 짓지 못하는 가난한 사람들이 문제였다. 끼니때가 되어도 굴뚝에서 연기가 나지 않으니 부황기가 든 사람들이 많았다. 이런 사람들에게 보리농사를 지은 이웃이 조금씩 곡식을 나누어 주어 부황기를 면하게 했다. 우리 어머니도 옆집에 사는 독바우네에 보리를 한 바가지씩 주곤 하셨다.

일제는 수탈해 간 벼를 김제읍내의 지정 정미소에서 쌀로 만들어 창고에 저장해 두고는 군산항을 통해 일본 등지로 실어갔다. 우리 고향은 호남의 곡창지대인지라 쌀의 저장 창고가 여러 곳에 있었다.

어렵고도 긴 세월이 지나고 해방이 되었다. 해방된 다음날부터 군청에서는 그 미곡 창고를 전부 개방하여 굶주렸던 군민에게 무상으로 나누어 주었다. 신작로는 쌀을 어깨에 메고 가는 사람, 머리 위에 이고 가는 사람, 더러는 동리의 달구지를 동원하여 나르는 사람들로 가득했다. 해방은 그 지긋지긋한 보릿고개를 떠나 보낸 것이다.

어려운 시절을 함께 겪어온 친구들도 같은 생각을 했을까. 고향에 남아 농사를 짓고 있는 친구가 불쑥 한마디를 했다. "요즘은 쌀이 남아돌아 저 보리는 소의 사료로 쓴다네." 얼마나 많이 변한 세상인가.

우리 일행을 태운 차는 호남평야, 푸른 보리밭 사이로 난 길을 한가로이 달려갔다.

4부

내 생애 최고의 순간

사과가 익을 무렵

아내가 주문한 사과가 배달이 되어 왔다. 알이 굵고 색깔이 얼마나 고운지 보기만 해도 입 안에 침이 고인다. 식구들이 모여 앉아 사과를 깎아 먹고 있자니 문득 그 옛날 과수원에 머물던 때가 떠올랐다.

고등학교 2학년이 되던 해의 정월이었다. 아직도 전란의 총성은 강산을 울리고 있었고, 학교가 있는 이리(익산)를 중심으로 네 개 노선의 통학 열차는 모두 운행이 중단되어 있는 상태였다. 지역 방송사는 "학생들은 집에서 가까운 학교에 임시 전학을 하라." 는 내용의 방송을 내보내었다.

그러나 나는 집안에 어려운 사정이 생겨 학교는커녕 주거도 어려운 형편이 되었다. 내 인생의 첫 시련기에 부딪힌 것이다. 내 힘으로 하루 세 끼의 밥을 해결해야 한다는 것이 얼마나 어려운 일인가를 비로소 느끼게 되었다. 그때 마침 전주에 이종형님이 살고 계셔서 찾아가 사정을 말했더니, 시골에 과수원이 있으니 거기에 가 있어 보라고 했다.

2만여 평이나 되는 과수원은 전주시 서북쪽 20여 리의 산자락에 있었다. 나는 40대쯤 되어 보이는 과수(果樹) 기술자 아저씨와 같은 방에서 지내게 되었다. 우선 밥 세 끼는 해결이 되어 마음은 놓였으나 학교를 다닐 수 없는 것이 안타까웠다.

정월이라 과수원 그늘 쪽엔 더러 잔설이 남아 있었고 앙상한 나무들은 따뜻한 봄볕을 기다리고 있었다. 과수원은 점점 바빠지기 시작했는데 나는 책만 보고 있을 수는 없었다. 가서 일하라고 보낸 것은 아니었지만 밥만 거저먹고 있을 수는 없었다. 기술자를 따라 삽과 괭이로 나무 밑을 파고 거름을 주었다. 벌레 먹은 나무껍질을 칼로 도려내고 까슬까슬한 새끼줄로 문질러 반들반들하게 했다. 더욱 힘들었던 일은 전주 시내에 가서 비료를 사오는 일이었다. 십여 포대의 비료를 리어카에 싣고, 기술자 아저씨는 앞에서 끌고 나는 뒤에서 밀며 산비탈을 지그재그로 올라갈 때는 숨이 차고 땀이 비 오듯이 흘러 내렸다.

저녁 무렵 이불에 기대어 천장을 바라보고 있으면 온몸이 뻐근하고 불어터진 손바닥은 욱신거렸다. 학교에서 공부를 하고 있을 친구들의 모습이 아른거리고, 어머니와 형님들이 보고 싶어 눈시울이 붉어졌다. 이러다간 영영 학교도 못 가고, 평생 과수원 기술자로 떠돌이 신세가 되지 않을까 하는 예감에 두렵기도 했다. 한 편으로는 허약한 체질이라 일이 감당하기 힘들어 떠나고도 싶었다. 그런데 언뜻, 젊어서의 고생은 사서라도 한다는 말이 떠올랐다. 이 기회는 분명 내 인생의 주춧돌이 되리라, 나는 그런 마음가짐으로 참고 견디기로 했다.

어느덧 꽃이 화사하게 피고, 얼마 안 있어 꽃잎 사이로 초여름의 햇살이 비집고 들어가 파란 열매들을 망울망울 돋아나게 했다. 소녀의 유두처럼 부풀어 오르는 귀여운 생명들, 그것은 분명 대자연의 예술품이었다.

구슬만 하게 커진 열매들이 청옥빛으로 물들어 가자 과수원은 눈코 뜰 사이 없이 다시 바빠졌다. 남자들보다 인건비가 싸고 손놀림이 정교한 열댓 명의 여인들을 동원하여 열매 하나하나를 종이 봉지로 싸주었다. 농촌의 소박한 그녀들과 일하는 것에 재미가 났다. 일의 순서를 정해 주기도 하고 점심도 같이 먹었다. 그러는 사이에 몇 푼 안 되는 일당을 벌려고 고생하는 그녀들의 삶을 이해할 수도 있었다. 인정 많은 그녀들은 오히려 학교도 못 다니고 일을 하는 나를 안쓰럽게 생각했다.

가을이 되었다. 붉은 빛으로 익어가는 사과들이 비바람에 시달려 찢겨진 종이 봉지를 제치고 얼굴을 내밀었다. 그때부터 내가 하는 일은 시원한 원두막에 앉아 까치를 쫓는 일이었다.

9월이 되어 2학기가 시작되었다. 학생들은 모두 이리의 본교에

복귀하라는 지방 방송 뉴스를 들었다. 그런데 복교할 때 그동안 집 가까운 학교에서 이수한 임시 전학 증명서를 제출하라는 것이었다. 하지만 과수원이 나에게 임시 전학증을 해줄 리는 만무했다. 이것이 없으면 복교가 안 되고 자동으로 퇴학이 되는 것이었다. 걱정이 태산 같았다. 마침 시골 학교에서 교편을 잡고 있는 선배를 찾아가 사정을 이야기해서 다행히 복교할 수 있었다.

복교는 했지만 학교 근처에 하숙할 형편이 안 되어 한동안은 과수원에서 통학을 했다. 전주역에 나와 이리역까지 기차 통학을 했는데, 자그마치 왕복 대여섯 시간이 걸렸다.

사과 열매가 익어갈 무렵 나는 과수원과 작별을 했다. 관리인과 기술자 아저씨의 손을 잡고 눈물로 작별 인사를 했다. 어려웠던 내 삶을 이어 주었고, 내 인생의 깊은 경험의 뿌리가 되었던 곳. 지금 돌이켜 보면 모두 잊지 못할 그리운 시간이 아닐 수 없다.

지금 내가 먹고 있는 사과는 더 이상 눈물의 사과가 아니다. 그러나 그 향기로운 사과 향에서 나는 소년의 땀 냄새를 맡는다.

격동기의 대학 생활

집안 형편상 서울의 대학엔 갈 수 없어 이리(지금의 익산)에 있
는 전북 공대에 입학했다. 집안에서 입학금은 근근이 마련해 주
어 등록은 마쳤으나 학교생활을 전적으로 뒷받침해 주기는 어려
워 1학기 동안은 친구들과 학교 앞에서 자취를 했다.

당시는 한국전쟁 중이라 서울의 대학들이 거의 피난지 부산으
로 옮겨가 전시연합대학 형태를 유지하고 있었다. 하나, 일부 공
과계통 교수들은 부산으로 가지 않고 이리공대에서 임시로 강의
를 하고 있었다. 2학기부터 나는 고향인 김제를 떠나 제지 공장이
있는 군산에서 자취를 하며 이리까지 기차통학을 했다.

학교와 공장 일, 두 가지를 다 감당해 내는 것은 무척 힘이 들었
다. 공장은 3교대 근무였기에 주간 근무 일주일 동안은 전혀 학교
를 갈 수 없었다. 오후반과 야간반 때는 학교를 다녀왔다. 학교에

서는 출석일수를 무척 중요시했기 때문에 출석률이 3분의 2가 안 되는 경우에는 졸업을 할 수 없었다. 전공과목 강의는 교수님이 학생들의 얼굴을 알기 때문에 어쩔 수가 없었으나 교양과목 시간에는 친구들에게 대리 출석을 부탁해서 출석 일수를 근근이 채웠다. 그러다 보니 하루 평균 서너 시간밖에 잘 수 없어 늘 잠이 부족했다. 강의 시간에도 졸기 일쑤고 기차 안에서는 언제나 졸기 마련이었다.

그렇게 힘겨운 대학 생활 가운데 시간을 쪼개어 취미 활동도 했다. 1학년 말쯤 대학 내 웅변대회가 개최된다는 안내문이 나붙었다. 해본 적은 없었지만 경험삼아 한번 나가보고 싶은 생각이 들었다. 〈과학도가 되라〉라는 제목 아래 내 나름대로의 생각을 엮어 원고를 썼다. 마침 그때 고등학교 때부터 정치과를 희망하고, 웅변을 잘하던 곽상은이라는 친한 친구가 이리에 있던 중앙대학 분교에 다니고 있었다. 나는 그 친구의 도움을 받아가며 한 달간 연습을 했다. 결과는 우승이었다. 그로부터 한 달 후 군산의 한 극장에서 전북대학교가 주최하는 웅변대회가 열려 각 대학에서 10여 명이 모였다. 그 대회에서의 성적은 3등이었다. 일과 학업을 병행하면서, 대학 생활 한때 몰두했던 취미 생활의 결과로는 만족스러운 경험이었다.

그 후 대학 2학년 때였다. 제지 공장의 서무과장이 군산시 시의원에 출마했다. 당시 공장에서는 공장용수 급수 시설에 문제가 있었는데, 그 문제가 시의원들의 관할인 듯했다. 그래서 서무과장을 시의원에 꼭 당선시키고자 하는 것이 회사의 방침이었다. 회사에서는 여러 사람을 내세워 득표를 위한 선거 운동을 했다. 그때 나는 회사의 지시에 따라 선전용 확성기의 마이크를 잡고 군산 시내를 돌아다니며 선거 운동에 참여했다. 결과는 우리 회사의 서무과장이 최고 득표율로 당선이 되었다. 회사에서는 선거 운동에 참여한 20여 명의 수고를 위로하는 차원에서 차를 대절하여 부안의 변산 해수욕장으로 2박 3일의 여름휴가를 보내 주었다.

그런데 그때의 포상을 겸한 여름휴가는 내게 좋지 않은 선물을 안기고 말았다. 물놀이 중에 왼쪽 귀에 물이 들어갔는데 그것이 그만 중이염으로 발전하였다. 그 뿌리가 만성적인 중이염을 불러왔고, 결국 그것은 남보다 일찍 청력 저하를 가져오는 원인이 되었다.

지금 되돌아보면 그 시절에 어렵지 않은 사람이 어디 있었으랴만 나로서는 학교 공부 외에도 여러 가지 일을 병행해야 했으니, 격동기의 대학생으로 참으로 쉽지 않은 대학 생활을 한 셈이었다. 그래도 무슨 일이든 열심히 해냈던 것이 지금껏 가장 큰 위안으로 남아 있다.

단무지

칼국수 집이나 중국집의 식탁에 앉으면 종업원이 한 치의 망설임도 없이 습관적으로 놓아 주는 것이 단무지이다. 나는 이 단무지만 보면 옛 생각이 떠오른다. 얼마나 인연이 깊은 반찬이던가.

부유한 살림은 아니어도 평화로운 농촌 가정이던 우리 집안은 내가 고등학교 1학년이 되었을 무렵 6·25 한국전쟁으로 생활이 어려워졌다. 학업을 이어가려면 아직 집안의 도움이 필요하던 나에게 스스로의 힘으로 살아야 하는 커다란 시련이 닥쳐왔다.

전쟁 중이라서 제대로 공부를 하지 못한 채 고등학교를 마치고 지방 대학에 입학을 했다. 집안 형편이 혼란스러운 가운데서도 매부와 형님들의 주선으로 쌀 다섯 가마니를 만들어 등록은 마쳤지만, 2학기부터는 내가 벌어서 학업을 계속해야 할 형편이었다. 먹고 살기만을 위해서야 어디 가서 노동이나 심부름꾼 노릇을 한들 그리 어려운 일이 아니었지만, 학업을 계속하면서 돈을 번다는 것은 변변한 일자리 하나 없던 그 시절 우리 농촌 사회에서 쉬운 일이 아니었다.

이런저런 궁리 속에 빠져 있던 어느 날, 제지 공장에서 일을 하며 학교를 다닌다는 급우 김순철을 만났다. 그 순간 지푸라기라도 잡고 싶던 나의 심정을 어찌 말로 다 표현하랴. 그에게 나의 사정을 말했더니, 자기가 다니는 공장의 사장을 직접 찾아가서 사정을 말해 보라고 했다. 그 말만으로도 나의 가슴은 설렘으로 요동쳤다. 결국 나는 그 친구의 덕분으로 직장을 얻게 된 것이다.

이런 경우를 하늘이 도왔다고 하는 것일까. 며칠 후 군산에 있는 제지 공장을 찾아가 사장에게 사정을 이야기하고 나는 바로 취업을 하게 되었다. 그 당시 면접을 할 때 사장이 나에게 한 말이 지금껏 나의 뇌리에서 사라지지 않고 있다. "공장이란 영리를 위한 기업체이지, 자선 단체가 아니니 일을 열심히 하라." 하던. 기업가로서 자신의 기업이 우선이라는 뜻이었겠지만, 그래도 공부하려는 재학생들을 채용하려는 마음을 가진 그가 훌륭한 사람이라 여겨져 진정으로 고마웠다. 이제 내가 할 일은 성실히 일하고 공부도 열심히 해야 하는 것만 남아 있었다.

학업을 계속하기 위해 직장을 구하여 집을 떠나는 어린 동생이 안쓰러웠던 누님은 나의 이불보를 머리에 이고 김제역까지 따라 나오셨다. 그러고는 이리역을 경유하는 군산행 열차의 표를 사주셨다. 대합실 출찰구에 서서 '몸 건강 하라'며 손을 흔들던 누님의 눈물어린 모습이 지금도 선하다. 그 날 황혼이 짙을 무렵 군산에 있는 공장 합숙소를 찾아 들어갔다.

식당도 없이 잠만 잘 수 있는 합숙소는 원거리 출퇴근 공원들의 편의를 위한 커다란 방이었다. 돈이 없어 자취방도 구할 수 없었기에 한 달 후 임금이 나올 때까지 합숙소 신세를 질 수밖에 없었다. 밥은 시험실 건조기에 끓여 먹었고 반찬은 단무지뿐이었다.

단무지는 냄새가 나지 않아 공장 시험실에 보관하기도 좋았고, 하교 길에 가게에서 사 책가방 속에 넣어 가지고 오기에도 편리했다. 오직 먹고사는 데 편의만을 위해 선택했던 반찬 단무지, 이때부터 나와 단무지의 인연은 깊어진 셈이다.

당시에 군산역 바로 앞 철로변으로 각종 먹을거리를 파는 식료품 천막 상점이 즐비하게 줄지어 있었다. 그런데 근처에 기관차용 석탄 저장장도 있어, 비가 오면 새카만 석탄 잿물로 그 길이 범벅이 되고는 했다. 그 골목 안의 단무지 가게, 그곳이 내가 들르는 나의 단골 단무지 가게였다.

50대 후반으로 보이는 주인아주머니는 내가 고학생인 줄 알면서부터 친절히 대해 주었다. 값도 싸게 해주었을 뿐 아니라 좋은 걸로만 골라두었다가 내가 가면 주기도 했고, 자기 집에서 먹는 것이라 하면서 이따금 오이장아찌를 한두 개씩 주기도 했다. 그것은 어찌나 맛이 있던지, 지금도 나의 기억에 남아 있다.

그때는 제도적으로 기업체에서 학생을 채용할 수 없던 시절이라, 나는 임시인부의 직명으로 채용이 되었다. 내가 하는 일은 시험실의 3교대 반에 소속되어 주로 종이의 생산 과정에서 공정과 품질을 관리하는 일이었다. 그런데 마침 그 일은 대학 화공과에 적을 둔 나로서는 전공과도 관련이 되는 것이라 퍽 다행한 일이었다.

한 달 후에 급료가 나왔다. 급료 봉투를 받는 순간 너무나도 감격스러워 눈시울이 뜨거워졌다. 지금 기억으로 만원에 가까웠으니 아마 중학교 선생의 월급과 비슷한 금액이었을 것이다. 그 돈으로 우선 한 달간의 생활비로 꾸어 쓴 돈을 갚았다. 그리고 합숙소에서 나와 공장 앞에 자취방을 구했다. 부엌도 없는 단칸방이었다. 비바람만 겨우 피할 수 있는 함석집 처마 밑에 여남은 개의 시멘트 블록을 쌓아 올려 부뚜막을 만들고 그 위에 밥 짓는 냄비와 단무지 저장용 질그릇 단지, 그리고 수저와 젓가락을 진열해 놓았다. 그것들이 당시의 나에게는 소중한 재산 목록 1호였다.

학교도 다닐 수 있는 데다 돈도 벌 수 있으니 하루아침에 남부럽지 않은 사람이 된 느낌이었다. 그러나 이 생활을 유지하는 데는 남다른 고통과 인내가 뒤따랐다. 주간 근무 때는 학교를 전혀 갈 수 없었기에 친구들에게 대리 출석을 부탁해야 했고, 출석 일수 미달로 지도교수로부터는 직장을 그만 두라는 압력을 끊임없이 받아야만 했다. 오후반이나 야간 근무 때는 고작 하루에 서너 시간밖에 잘 수 없어 늘 소화 불량과 수면 부족에 시달려야 했으니, 돈을 벌면서 공부를 한다는 것은 진정 남다른 인내가 필요한 일이었다.

4학년 때였다. 그동안 서울에서 사업에 성공한 형님으로부터 졸업을 하면 서울에 올라와 대학원에 진학하라는 소식이 왔다. 졸업 후 사흘 만에 공장을 퇴직했다. 서울로 올라가기 하루 전, 작별 인사차 단무지 가게에 들렀다. 네 해가 흐른 세월, 작별을 아쉬워하는 그녀의 표정 위로 삶이 새긴 주름살이 패여 있었다.

군산을 뒤로 하고 기차는 서울로 달렸다. 전란을 겪으면서 보낸 고교 시절부터 대학 졸업 때까지, 여섯 해 동안의 온갖 어려웠던 일이 파노라마처럼 스쳐갔다. 그리고 단무지 여인의 미소 띤 얼굴이 공장의 기계 소리와 함께 차창에 여울졌다.

대학원 진학

　대학을 졸업한 사흘 후, 3년 8개월간의 군산(群山) 생활을 마감하고 서울로 올라왔다. 내 삶의 또 한 전환기였다.

　셋째 형님 댁에서 대학원에 진학할 준비를 했다. 중구 필동 3가, 남산 북녘의 숲속 계곡 옆에 자리한 집이었다. 그때 서울에 있는 대학원에 들어가는 것은 나로서 쉬운 일이 아니었다. 문제는 실력이었다. 대학 4년 동안을 공장 생활과 병행하느라 공부할 시간이 턱없이 부족했기 때문이었다. 학부를 우수한 성적으로 마친 후 지도 교수의 신임을 받고 추천에 의해 대학원 진학을 하는 것이 상례인데, 그것도 지방 대학 출신으로 서울의 대학원에 진학한다는 것은 어쨌든 쉬운 일이 아니었다.

　그래도 공부를 계속하고 싶은 마음을 접을 수는 없었다. 그동안의 공장 경험을 살려 전공은 펄프제지공학을 하고 싶었다. 당시 한양공대 대학원 원장인 전풍진(田豊鎭) 박사가 우리나라 학계(學界)의 펄프제지공학 분야에서는 권위자였는데 나는 이분의 지도를 받고 싶었다. 그러나 나의 여건이 허락지 않으니 그 해에는 시험에 응시할 수 없었다. 1년간 열심히 공부하여 다음해에 응시하기로 계획을 세웠다. 그런데 그러기 위해서는 한양공대 화공과 3, 4학년의 강의 내용을 기준으로 공부를 해야 했다.

수일간의 수소문 끝에 그 해의 수석 졸업생을 알아냈다. 서대문 금화정 고개에 있는 그의 집을 찾아가 사정을 이야기하고 그의 3, 4학년 때의 노트를 전부 빌렸다. 충남 서천 출신의 K씨였다. 그렇게 고마울 수가 없었다. 필기 내용은 역시 수석 졸업생다웠다. 교과서처럼 잘 정리된 노트를 조심스레 복사하고 원본은 다시 그에게 돌려주었다. 대학원 시험은 그 범위 안에서 출제될 것이 분명하다고 여겨 나는 밤낮으로 노트의 사본을 끼고 다니며 내용 전부를 외우다시피 했다.

형님 댁의 환경은 공부하기에 아주 좋았다. 집 안팎에 여러 그루의 노송이 우거져 있고, 대문 바로 앞 계곡에서 물 흐르는 소리가 정겨웠다. 그때 날마다 쭈그리고 앉아 공부만 하는 동생이 지루하리라 생각했던 형님은 기타와 기타교본을 사 오셔서 머리도 쉴 겸 쉬엄쉬엄 쳐보라고 하셨다. 그렇게 시작한 기타 실력으로 한동안 내가 아는 노래는 대부분 칠 수 있었다. 그러던 어느 날, 방안을 여기저기 기어 다니던 조카딸이 방바닥에 놓여 있던 기타의 모서리를 이로 물어뜯은 일이 있어 웃음을 짓게 했다. 그 조카가 지금은 50대의 주부가 되었다.

시험 날짜가 두어 달 앞으로 다가왔을 때였다. 대학원 원장을 찾아뵙고 싶어 왕십리에 있는 학교에 가서 면회 신청을 하였다. 한참 후 여비서의 안내를 받았다. 원장님은 좀 작은 키에 지적인 모습의 친절한 분이었다. 그분께 내가 해온 일을 말씀드리고, 대학원에 들어가 지도를 받고 싶다고 말씀드렸다. 그분은 내가 제지 공장 생활을 한 것에 흥미를 느끼는 듯했다. 이야기 끝에, 만일 이번 입학시험에 합격이 안 되면 1년 동안 청강생으로 받아줄 테니 1년 후에 다시 응시를 해 보라는 것이었다. 합격 후에는 청강생 때의 학점을 모두 인정해서 2학년으로 진학시켜 주겠다는 말씀이었다. 그 말을 들은 나는 어찌나 기쁜지 구세주라도 만난 심정이었다. 마음은 이미 절반 가까이 대학원생이 된 것 같았다.

드디어 대학원 시험에 응시를 했다. 응시자는 한양공대 출신 세 명과 타 대학 출신 세 명으로 모두 여섯 명이었다. 합격자가 발표되었다. 모두 네 명이었다. 거기에 분명히 나의 이름이 적혀 있었다. 몇 번이고 눈을 비벼 확인을 했다. 그 순간의 감격이 지금껏 잊히지 않는다.

그로부터 2년간 원장님의 지도 아래 한국산 볏짚을 이용하여 종이의 원료인 펄프를 만드는 방법을 연구했다. 그리고 그 논문으로 석사 학위를 받았다.

공장 생활의 첫발

대학원을 마칠 무렵, 장래의 진로 문제로 한동안 갈등을 겪었다. 미국으로 유학을 가느냐, 서울에서 남아 공부를 더 하느냐, 아니면 바로 제지 공장으로 뛰어드느냐 하는 문제였으나 결국 현장에 남기로 결정을 했다.

그 당시 영등포구 개봉동에 당시로서는 우리나라에서 제일 큰 규모의 제지 공장인 신흥 제지가 있었다. 판지 제조기와 골판지 기계, 그리고 미국으로부터 웅크라 차관자금으로 들여와 갓 설치 중에 있던 크라프트지(포장용지) 생산시설이 있어 제지 분야에서는 앞서가는 회사였다. 공장으로 가기로 작정했으니 이왕이면 전도유망한 회사로 가고 싶었다. 게다가 그곳은 집에서도 제일 가까웠다. 나는 신흥제지를 찾아가 공장장을 만나기로 했다. 40대 나이의 공장장은 서울공대 기계과 출신으로 기계공학 방면에서는 유능한 분이었으나 제지 쪽의 경험은 없었다. 그는 화공 분야의 경험이 있는 나를 반기면서, 그 분야의 인재가 필요하니 공장에 와서 같이 일하자고 나를 곧바로 사장실로 안내했다.

그 당시 신흥제지의 허균 사장님은 50대 후반의 나이였는데, 젊었을 때 서울 필동에서 헌 새끼나 가마니 또는 볏짚을 활용하여 판지를 생산한 경험이 있는 우리나라 제지 공업의 선구자였다. 사장님은 공장장으로부터 나를 소개받자 바로 자기 공장으로 출근하라고 했다. 일하는 동안 적당한 기회에 외국 유학도 보내 주겠다고 했다. 나는 바로 대답을 못하고 "이삼 일간 여유를 주십시오." 하고는 집으로 돌아왔다.

진로 문제에 대해 먼저 형님에게 상의를 드리고 싶었다. 아버지가 떠나신 후 나를 아버지처럼 길러 주신 형님은 막내동생에 대한 사랑과 기대가 크셨다. 나도 형님의 기대에 부응하여 은혜와 도리를 지키고 싶었다. 저녁에 형님에게 말씀을 드리니 "내 생각은 공장으로 가는 것이 좋을 것 같은데, 결정은 네가 해라." 하셨다.

다음날 다시 공장으로 가서 사장님을 만났다. 그리고 곧바로 신흥제지에 입사를 했다. 공장 생활의 첫발이었다. 직책은 생산 관리의 주요 부서를 책임지게 되는 시험실장이었다. 내 나이 20대 후반으로, 결혼 전이었다.

입사 당시 공장에서는 미국에서 들여 온 기계를 한창 설치하는 중이었다. 중고품이라 해서 들여온 것인데, 중고품이 아니라 제작한 지 50년이 지난 고철이었다. 곳곳에 두터운 녹이 슬어 있어 그 녹을 칼로 긁어내야 할 정도였다. 그들로서는 폐물이 되어 더 이상 가동할 수 없어 방치해 둔 기계를 약소국인 우리에게 팔아먹은 것이었다.

전 종업원의 땀으로 오랜 시일이 걸려 설치는 끝냈지만 여기저기 고장이 생겨 시운전을 하는데 여러 날이 걸렸다. 천신만고 끝에 겨우 생산이 시작되었다. 우리나라에서 처음으로 비료와 시멘트용 포장지가 생산되는 것이었다. 참으로 힘든 시작이었다. 제품이 생산되면서 회사의 자금 사정도 풀려갔다. 그동안은 직원들이 출퇴근할 때 화물트럭의 짐칸에 기다란 의자를 올려놓고 거기에 앉아서 가고는 했는데, 바로 새 버스를 살 수 있을 만큼 형편이 좋아졌다.

나는 시험실에 있으면서 열심히 일을 했다. 공장이란 생산도 중요하지만 판매도 중요했다. 그때 신흥제지의 주 거래처는 비료 공장과 시멘트 공장이었다. 포장하여 운반하는 도중에 포대가 찢어지면 안 되기 때문에 종이의 질을 규격대로 튼튼하게 만들기 위해 노력했다. 충주에 있는 충주비료나 나주에 있는 호남비료에서는 납품된 우리 포장지의 강도를 자기네 시험실에서 직접 시험하여 그 기준에 맞아야만 인수를 했다. 나는 그 품질 시험에 입회차 자주 출장을 갔다. 어떤 때는 거의 일주일 내내 다니기도 했다.

그러다 보니 한동안은 영업과장을 겸직하기도 했었다.

그러던 중에 회장님으로부터 친구의 딸을 소개 받게 되었다. 뒤이어 집안 어른들이 선을 보고 지금의 아내와 결혼까지 하게 되었으니 신흥제지와 나의 인연은 보통이 아닌 셈이다. 결혼을 하고 일 년 후에는 회사의 추천을 거쳐 정부의 승인으로 호주의 제지 공장과 연구소에 기술 훈련 차 유학을 가게 되었다. 좋은 기회였다. 호주에서 돌아온 후에는 시험실장에서 부장 격인 기획실장으로 승진하였다. 그리고 공장에서 일을 하는 동안 정부에서 시행하는 시험에 통과하여 초대 제지 공학 기술사 자격증을 받기도 했으니, 신흥제지에서 내 제지 인생은 활짝 꽃을 피웠다.

그렇게 6년간 나는 신흥제지에서 많은 일을 배우고 당시 신설 공장이던 홍원제지로 옮겨 10년 세월을 보냈다. 지금 돌이켜 생각해보면 대학시절에 4년간을 제지 공장에서 일한 것이 내 제지 인생의 뿌리였다면 신흥제지에서의 6년의 세월은 개화의 시기였으며, 그 후 홍원제지에서의 10년은 열매를 맺은 시기라 할 수 있다. 그리고 오랜 기간 그 공장에서 익힌 제지 기술을 활용하여 운영한 나의 개인 사업은 다행히도 순조롭게 풀렸으니, 그동안 열린 풍성한 열매의 수확기라 할 수 있는 셈이다.

지금도 가끔 개봉동을 지날 때면 그때 그 시절, 내가 공장 생활에 첫발을 내딛던 때가 생각나 그립고 아쉬운 마음에 젖는다. 그 옛날 그렇게 힘차게 움직이던 공장이 사장님이 연로하고 병고에 시달리면서 생산성의 부진을 면치 못하다가, 뒤이어 생겨난 신규 공장들의 힘에 밀려 문을 닫고 말았으니…. 지금 그곳은 아파트 촌이 되어버리고 말아 예전의 공장 자리는 흔적도 찾을 수 없게 되었다. 하긴 그동안 흐른 세월이 얼마이던가.

진위천에 닻을 내리다

신흥제지 공장에서 6년간 근무한 후 나는 신설 공장인 흥원제지 공장으로 옮겨 일을 하게 되었다. 기계 발주가 끝났으니 하루 빨리 땅을 사서 건물을 지어야 했다. 제지 공장의 입지 조건은 퍽 까다로웠다. 많은 물과 전기가 필요한 일이라 큰 강이나 냇가라야 했고, 전기 고압선이 가까워야 했다. 제품의 수송과 판로 문제 때문에 기차역과 가까워야 했다. 서울과도 가까울수록 좋았다.

먼저 한강 상류 변을 돌아다니며 부지를 찾아보았다. 팔당을 지나 덕소 근처에 입지가 될 만한 곳이 더러 있었다. 부동산에 찾아가 상의를 하니 공장 터가 될 만한 대부분의 곳은 부동산 투기업자들이 마치 점을 찍어 놓은 듯 여기저기에 몇 백 평 또는 몇 천 평씩 매입하여 다른 사람이 살 수 없도록 해 놓고는 땅값이

오르기만 기다리고 있었다.

여러 날을 돌아다니던 중 덕소 근처의 한강 가까운 곳에 후보지가 될 만한 땅이 눈에 들어왔다. 부동산에 가서 물어 보니, 그 땅 안에는 모 재벌인 전선 회사 사장이 개인 명의로 두어 곳에 3천여 평씩 사 두었는데 절대로 팔지 않을 것이라 했다. 회사에 돌아와 보고를 했더니 사장님은 무릎을 탁 치며, "어, 그 사장은 나와 학교 친구야. 됐다, 가서 부탁하면 들어 줄 거야. 그런데 그 친구 한동안 연락이 없었는데…" 하며 수화기를 들었다. 우리는 다음날 아침 그를 찾아가기로 했다. 나는 안심이 되었다.

약속시간에 맞추어 우리는 미도파 백화점 근처에 있는 그의 회사로 찾아갔다. 오랜만에 만난 두 분은 반가워하며 서로 반말로 이런저런 수인사를 나누었다. 얼마 후 이야기가 본론으로 들어가자 사장님이 그 땅 이야기를 꺼내며 양도해 줄 것을 부탁했다. 그러자 갑자기 상대방의 안색이 변하면서, 그 땅은 특별한 용도가 있어 사 놓은 것이기에 절대 팔 수 없다고 강경한 어조로 단박에 거절을 했다. 특별한 용도에 대한 설명은 없었지만 더 이상 사정해본들 될 일이 아닌 것 같았다. 우리는 씁쓸한 마음으로 돌아오고 말았다.

내 눈에는 그가 대기업을 상속받아 운영하는 동안 재물에만 정신이 쏠려 옛 우정을 버리고 사는 사람 같아 보였다. 그 땅이 기업을 더 확장시키는 데 쓰이는 것이라면 충분히 이해할 수 있겠지만, 부동산 투기가 목적이라는 것은 누가 보아도 뻔한 일이었다. 그런데도 새로이 기업을 일으켜 보겠다는 친구의 간곡한 부탁을 거절한 것에 대해 나는 인간의 비정함을 엿보는 듯했다. 할 수 없었다. 한강 물과는 인연이 없는 모양이라고 생각을 접었다. 미련을 남긴 채, 방향을 서울의 남쪽으로 돌리기로 했다.

차를 타고 수원, 오산을 지나 평택을 향해 가는 중이었다. 작지 않은 다리 하나가 내 눈에 들어왔다. 차를 세우고 다리 밑을 보니 맑은 냇물이 흐르고 있었다. 다리에 서서 북쪽을 바라보니 야산 기슭에 넓은 논과 밭이 늘어서 있었다. 언뜻 저곳이다, 하는 반가운 느낌이 들었다. 지도를 펼쳐 보니 내[川]의 이름이 진위천이었다.

차를 바로 돌려 그 면의 면장을 찾아갔다. 그에게 공장 건설의 취지를 설명했더니 마을의 발전을 위한 일이라며 대환영이었다. 면장은 땅이 있는 하북리 이장을 불러 네댓 명으로 공장 유치 위원을 조직하도록 하고 땅 구입에 협조해 줄 것을 당부했다.

알아본 결과, 논과 밭을 합한 3만여 평 땅의 지주들이 모두 30여 명이나 되었다. 그들 대부분은 그 근처 마을에 살고 있었는데, 그 중 서울에서 작은 사업을 하고 있는 한 사람이 제일 넓은 2천여 평을 소유하고 있었다. 사람들의 말로는 투기 목적이 아니라 장래 집안의 터전으로 쓸 땅이라 했다. 나는 서울에서 매정하게 거절당한 일이 떠올라 이 땅이 결국 걸림돌이 되지 않을까 불안했다. 이장의 말로는 그가 웬만해서는 땅을 팔지 않을 것이니 먼저 가서 사정하기보다는 다른 사람들의 동의서를 모두 받아 가지고 가는 게 효과적일 것이라고 했다. 그러면서 아무리 사정해도 안 되면 그의 땅은 맨 윗부분에 있으니 빼고 사는 게 낫지 않겠느냐고 했다. 그러나 나의 판단으로는 그 땅을 빼면 제품 창고를 지을 곳이 모자랐다. 하지만 어쩔 수 없이 이장의 의견을 들을 수밖에 없었다. 내심으로는 최악의 경우, 땅값을 몇 배 더 주더라도 사 볼 마음을 먹었다.

30여 명의 매매동의서를 받는 것도 쉬운 일이 아니었다. 문제는 땅값이었다. 그 당시 우리가 사들인 가격이 그때의 시세보다 두 배인 평당 4백 원이었다. 겨우 일이 다 되어 가는데 막판에 땅 중심부의 주인인 두 사람이 행방불명이 되고 말았다. 결국 땅값을 더 받겠다는 눈치였다. 며칠에 걸려 집에 있는 가족들을 통해서 그들과 겨우 만날 수 있었다. 불가피한 일이어서 할 수 없이 공개하지 않기로 약속하고 그 두 사람에게는 땅값을 더 쳐 주었다.

이제 남은 문제는 서울에 살고 있는 2천 평 땅의 소유주였다. 이장과 함께 남대문 시장 근처의 다방에서 그를 만났다. 그는 아마도 시장 안에서 장사를 하고 있는 듯했다. 서명 받은 동의서를 내보이며 내가 여러 가지 사정을 설명하고 땅을 팔 것을 부탁했다. 집안에서 쓰려고 사놓은 것이라 팔기가 곤란하다고 하던 그는 사업의 취지를 이모저모로 설명했더니 지금 당장은 결정하기 어려

우니 내일 이곳에서 다시 만나자고 했다. 나는 불안한 마음으로 돌아올 수밖에 없었다. 그날 밤, 걱정이 되어 잠을 이룰 수가 없었다.

다음날 아침에 그를 다시 만났다. 그는 밤새도록 생각을 했던 모양이었다. 예감이 나쁘지는 않았다. 한동안 가만히 있던 그가 입을 떼었다. 고향에 그런 공장이 들어선다고 하니 거절을 못하겠다고 하는 것이었다. 나는 너무나도 기뻐서 그의 손을 붙들고 고맙다고 거듭 인사를 했다. 그에게 원하는 땅값을 물으니, 다른 사람들과 같은 값을 받아야 하지 않겠느냐고 했다. 훌륭한 마음씨였다.

한참 후 그가 나에게 한 가지 부탁이 있다고 했다. 무슨 부탁이냐고 하니, 오래 전에 형님이 세상을 뜨시고 조카가 하나 있는데, 고등학교를 나와 지금 고향에서 놀고 있으니 새로 세우는 공장에 취직을 시켜 달라는 것이었다. 나는 그런 일이라면 염려 말라고 했다.

드디어 매매동의서에 서명을 끝냈다. 마땅한 곳을 찾느라 많이 헤매고 다니기도 했지만 좋은 뜻을 가진 땅주인이 아니었다면 힘든 일이었을 부지 매입이었다. 불현듯 한 생각이 떠올랐다. 대기업의 주인인 한 사람은 친구의 사정에도 아랑곳없이 사욕에만 눈이 어두워 거절을 했는데, 심성이 소박한 한 소상인은 자신의 고향과 조카의 장래를 위해 그 땅을 내어 놓았다. 이 두 사람의 차이점은 무엇일까.

　진위천은 이렇게 나와 인연을 맺으면서 또 하나의 인생 공부를
시켜 준 셈이었다.

나라 사랑하는 마음

    사람들이 일생을 통해 가장 정의감 있고 열정적으로 활동하는 시기는 역시 30대가 아닐까. 나도 그 시기에는 공장에 몸담고 있으면서 돈에는 별로 관심이 없이, 오직 기술 생명만을 소중히 여기고 살았다. 돌이켜보면 벌써 반세기 가까운 세월이 흘렀지만 아직도 잊히지 않는 일들이 있다.

    일본 미쓰비시 상사의 연불(延拂) 차관 자금으로 히로시마 근처에 있는 미쓰비시 중공업의 미하라제작소에 제지기계를 발주했을 때였다. 워낙 큰 시설이라 제작 기간이 일 년이나 되었다. 그동안 나는 부분별로 제작이 완료될 때마다 기계의 성능을 입회 검사하기 위해 십여 차례 미하라(三原) 제작소를 방문했다.

    기계의 선적 직전, 최종 검사 차 갔을 때였다. 완성된 부분의 입회 검사를 끝내고 마지막으로 공작 책임자의 안내에 따라 나무

상자로 포장되어 있는 설비들을 쭉 훑어보고 지나는데, 언뜻 작은 롤을 포장한 상자 끝에 엽서만한 넓이의 꼬리표가 붙어 있는 것이 눈에 띄었다. 다가가서 자세히 들여다보니 미하라 제작소가 아닌 다른 기계 제작소의 이름이 쓰여 있었다. 나는 "이게 무슨 표시냐?"고 안내인에게 물어 보았다. 그러자 그는 아마 상자만 다른 곳에서 제작하여 포장하였을 것이라고 했다. 내가 재우쳐 "혹시 이 이름의 철공소에서 하청 제작한 것이 아니냐?"고 물었더니 안내인은 그렇지 않다고 대답했다.

아무래도 예감이 이상하여 그대로 지나칠 수 없었다. 계약상 모든 기계는 미쓰비시의 미하라 제작소에서 제작하기로 되어 있기 때문이었다. 나는 그에게 공작실 사무실에 가보자고 요구했다. 만일 그것을 미하라 제작소에서 제작했다면, 설계에서 제작까지 각 과정이 기록된 작업 대장이 있기 마련일 것이라 직접 그 대장을 열람, 확인하고 싶었다. 그러나 공작 전문가인 안내인은 젊은 내가 설마 그러한 대장까지 뒤져볼 줄은 예상하지 못했던 것이다. 게다가 그 안내인은 얼마 후 우리 공장에 기계를 설치할 때 십여 명의 설치 감독기술인들을 인솔하고 올 총책임자로 결정된 사람이었다. 우리로서는 중요한 사람이었다.

그는 좀 머뭇거리더니 나를 공작실 사무실로 안내했다. 진열장에는 각 설비의 대장이 진열되어 있었다. 처음부터 훑어보니 역시 그 롤의 대장이 있었다. 쭉 빼서 해당 부분을 펼쳐 보았다.

아니나 다를까, 시즈오카에 있는 S라는 하청공장에서 제작하여 납품한 기록을 확인할 수 있었다. 안내인은 당황하는 기색이었다. 그로서는 안내를 미숙하게 했다는 책임을 느낄 수도 있는 일이었을 것이다.

그 시절에는 일본이나 미국 등에서 차관 자금으로 들어오는 산업시설의 경우 더러는 계약서에 자기 공장 제작이라 써놓고 값싼 소규모 하청공장에서 만들어 표시판만 자기 회사 이름을 붙이는 일이 다반사였다. 그런 일은 대형 설비일수록 더 많았다. 당연히 그것은 기계 성능에도 영향이 있기 마련이었다. 그러나 그것을 어느 정도 알면서도 그들로부터 돈을 빌려 사 온다는 약점 때문에 제대로 항의를 못하는 경우가 많았다. 가난한 시절의 서글픈 현실이 아닐 수 없었다.

문제가 된 롤은 제지 공정상 중요한 부분의 롤이 아니라 직경이 작은 보조 롤이기 때문에 그 정도는 어디서 만들었던들 크게 문제가 되는 일은 아니었다. 그러나 작은 일이라도 계약상으로는 위배되는 것이니 나로서는 나의 책임으로 되어 있는 일을 그대로 지나칠 수는 없었다.

나는 계약 위반이라며 선적을 보류하도록 요청하고 서울 본사의 사장님께 전화로 보고를 했다. 사장님은 다음날 부랴부랴 비행기로 날아 왔다. 미쓰비시 중공업에서도 동경 본사에서 간부들이 내려왔다. 그들로서도 이 일은 보통 문제가 아니었다. 이 내용이 외부에 알려지면 세계적인 대회사로서 크게 낭패스러운 일이기 때문이었다. 사장님은 나에게 기계적인 성능 문제는 어떠냐고 먼저 물어 보았다. 나는 그 정도의 롤은 기계적인 성능이나 종이의 질에는 전혀 영향이 없으니 안심하고 사장님 재량껏 처리하시라고, 그때부터 일처리를 사장에게 미루어 버렸다.

몇 시간의 논의 끝에 미쓰비시는 그 당시 20만 불에 해당하는 예비품을 더 공급한다는 조건으로 문제를 일단락 지었다. 그동안 한국에 각종 기계를 팔고 있던 미쓰비시로서 그러한 보상을 해준 것은 아마 처음 있는 일이었을 것이다. 후에 들은 일이지만, 나를 안내했던 공장 책임자는 안내 불충분으로 다른 부서로 이전되었으며 우리 공장에 파견되는 것도 취소되어 다른 사람으로 교체되었다 했다. 그에게 미안한 생각이 들기도 했지만 그러나 한편으로는 정직하지 못한 그가 우리 공장에 오지 않는 것이 다행한 일이라고 생각되었다.

일을 마치고 서울에 돌아온 다음날이었다. 일본 미쓰비시 상사 서울 사무소의 한국인 직원이면서 우리 회사의 일을 담당했던 K 씨가 우리 회사를 방문했다. 그는 나보다 10여 년 위의 연배였다. 나와 둘이만 있을 때 그가 조용히 말했다. 이번 일은 미쓰비시로서는 처음 당한 부끄러운 일이라고. 그러면서도 한국인으로서 긍지를 느끼게 한 참 잘한 일이었다고 나를 칭찬해 주었다.

역시 피는 진한 것인가. 나는 새삼 깨달았다. 그가 아무리 미쓰

비시로부터 월급을 받으며 살고 있다지만, 같은 민족으로서 조국
에 대한 애정의 강물은 가슴 깊이 도저하게 흐르고 있음을….

내 생애 최고의 순간

　책상 위에 계획서가 수북이 쌓여 있다. 할 일이 태산 같았다. 기계를 발주하고, 공장 대지를 사서 건물을 짓고, 도입한 기계를 설치하여 종이를 만들어 내기까지는 3년이 걸린다.

　예나 지금이나 기술인의 제일 큰 희망은 자신이 공부한 전문 분야의 공장에서 책임자가 되어 직접 건설하고 설계해 보는 것이 아닐까. 대학 시절부터 경험해 본 제지 공장 생활이 뿌리가 되어, 일찌감치 신설 공장 책임자로 들어가게 되었으니 이제 나는 그 계획안에 따라 나의 열정을 쏟기 시작했다.

　1960년대에는 아직 우리나라가 저개발 시대여서 모든 기업들이 신규산업 개발에 의욕이 부풀어 있었다. 그러나 자본금이 없어 수년간에 걸쳐 빚을 갚아 나가는 외국 차관에 거의 의존하고 있었다. 그래서 일본, 미국 등 국제적인 기업의 재벌 장사꾼들이 홍수처럼 밀려들기 시작했다. 훗날 내가 사업을 하면서 알게 된 것이지만 그 시절 차관자금으로 외국에서 사들이는 모든 시설의 기계 값은 자기 자금으로 사오는 것보다 최소 30퍼센트에서 50퍼센트 이상 더 비쌌다. 그 시절 가난한 나라의 어쩔 수 없는 현실이었다.

그 때 H사장은 부친으로부터 물려받은 제사(製絲) 공장을 운영하면서 새로운 포부를 갖고 백상지 제지 공장을 신설할 계획을 세우고 있었다. 나는 그 회사에 초빙되어 용산구 삼각동의 사무실 구석에 책상 하나를 놓고 혼자서 일을 시작했다.

얼마 후 기계와 전기 분야의 기술자를 한 명씩 채용했다. 그리고 일본의 기계 제작 회사 기술진들과 만났다. 사업계획을 세우고 거의 반년 만에 수입기계의 명세를 결정한 후 발주를 했다. 기계 수입자금은 일본 미쓰비시 상사의 차관 자금이었고 기계 제작사는 일본의 미쓰비시 중공업이었다. 납품 시기는 일 년 후였다.

이제 우선적으로 해야 할 일은 공장을 지을 땅을 사는 일이었다. 경기도 일대를 헤집고 다니던 중 3개월 만에 겨우 평택군의 진위천변에 3만여 평의 땅을 구했다. 다음의 문제는 공장 건물을 짓는 것이었다. 그러나 자금이 부족하여 몇 백만 불에 달하는 건설 자금과 운영 자금을 현금차관으로 정부에 신청했다. 그런데 그것이 부결되었다. 당연히 모든 공사가 중단되고 말았다. 보통 문제가 아니었다. 하지만 그 시절 사업을 일으키려는 사람들에게 그러한 일은 흔히 있는 일이었으니 이 나라 기업인들은 그렇게 역경을 헤쳐 가며 오늘의 발전을 이룬 것이다.

수입 기계는 계약상 선적을 미루지 못해 예정대로 들여왔다. 공장 터인 논배미 안에 백 평 정도의 가건물 창고를 하나 지어 귀중한 전기 제품과 정밀기계를 보관하고, 난방 시설을 했다. 나머지 주요 시설은 논바닥에 몇 트럭 분량의 돌멩이를 군데군데 깐 후 목재로 포장되어 있는 상태 그대로 산더미처럼 쌓아 놓고는 수십 장의 천막으로 덮어 놓았다. 그 모양으로 세 번의 겨울이 지나고 나서야 은행의 융자가 허용되었다. 그동안 타들어가는 기업주의 심정은 오죽했으랴. 웬만한 인내력이 아니고서는 견뎌내지 못했을 것이다. 융자가 나온 후 부랴부랴 건물을 짓고, 10여 명의 일본인 기술자가 감수하는 가운데 기계를 설치했다. 설치는 순조로워 예정기간인 일 년 내에 끝낼 수 있었다.

그러나 겨울철 공사 때는 고생이 많았다. 나는 건설비용을 절약할 생각으로 공장 사무실도 짓지 않고 가건물인 비품 창고 한쪽을 활용했다. 추운 날에도 공사 때문에 여러 날씩 집에 가지 못하고 사무실 구석에 구공탄 난로를 피우고 야전용 침대에서 담요를 덮고 몇 시간씩 토막잠을 잤다. 원래 허약한 몸이라 겨울철 공사 동안 세 차례나 코피를 흘렸다.

늦은 봄철에 설치 공사는 예정대로 끝이 났다. 이제 대망의 시운전만이 우리를 기다리고 있었다. 그러나 우리나라에는 처음으로 도입되는 최신식 고속기계라 경험이 부족한 우리의 기술로는 시운전조차 만만한 일이 아니었다. 할 수 없이 당시 그 분야의 선진국이었던 일본의 제지 회사에 협조를 구했다 그런데 요구하는 금액이 거액이었다. 빚으로만 건설을 하는 처지라 쉽게 결정을 내리기가 어려웠다. 그러나 경험이 부족한 우리 힘으로만 하다가 실패한다면 그때는 더 큰 손해를 볼 수도 있는 일이었다.

나로서는 큰 고민이 아닐 수 없었다. 회사로서도 중대한 일이지만 나의 기술 생명에 있어서도 중요한 순간이었다. 여러 시간 숙고 끝에 결론을 내렸다. 기술인인 나의 운명을 걸고 소신껏 밀고 나가기로 했다. 사장에게 20일간의 시운전 기간을 달라고 했다. 사장은 흡족한 표정으로 2개월 안에 해 보라고 했다.

드디어 그 날이 되었다. 각 부서 책임자를 모아 상세한 계획을 세우고 시운전에 들어갔다. 각 공정의 스위치를 누르자 기계들이 굉음을 내고 돌기 시작했다. 모두가 이리 뛰고 저리 뛰며 어느 누구 하나 한눈을 팔 수 없었다. 나는 공원들과 함께 원료인 펄프를 해리기*에 투입했다. 원료는 순조롭게 각 공정을 통과했다. 어쩐지 예감이 좋았다. 꼭 1시간 20분 만이었다. 기적이 일어났다. 하늘이 돌보아준 것이다. 폭 4미터의 하얀 백상지가 분속 4백 미터의 권취기*에 둘둘 감기기 시작했다. 온 공장 안에 박수와 함성이 터져 나왔다. 관망하고 서 있던 일본인 설치 기술자들도 박수를 치며 나에게 다가와 축하한다고 악수를 청했다.

　나의 눈에서는 감격의 눈물이 흘렀다. 내 생애 최고의 순간이었다. 33세의 젊은 나이에 들어와 6년 만에 해낸 일이었다.

　*해리기(解離機): 펄프를 제지용 섬유로 풀어 분리하는 기계.
　*권취기(捲取機): 종이나 필름을 감는 기계.

공원들을 사랑으로

    회사로서는 큰 고비였던 공장 생산 라인 시운전이 성공적으로 끝난 후, 제지 기계는 정상 가동에 들어갔다. 기계는 24시간 쉬지 않고 분당 4백 미터의 속도로 종이를 감아내고 있었다. 서울에 있는 본사로서도 자금 사정이 풀려 희색이 만면하고, 공장 종업원들은 최신식 고속기계를 운전한다는 자부심으로 충만해 있었다.

    공장은 쉬지 않고 생산 라인을 가동했기에 공원(工員)들 역시 하루 여덟 시간씩 3교대로 근무를 했다. 나는 거의 현장에 매달려 생산 원가를 줄이고 좋은 품질을 만들어내는 데 매진했다. 생산 과정의 공정관리와 품질관리 대장을 만들어 현장 사무실에 비치해놓고 매시간의 변화 과정을 기록하도록 했다. 다음날 아침이 되면 출근과 동시에 현장의 각 공정 책임자들을 모아 놓고 그 전날의 운전 상황 기록을 보며 토의를 했다.

그랬기 때문에 나는 4백여 명의 공원들과 무척 가깝게 지낼 수 있었다. 그런 만큼 공장 생활이 즐겁고 공원들에 대한 사랑도 깊어져 갔다. 이 일은 내 생리에 맞는 일 같았다. 그 당시 공장 앞에는 두서너 군데 작은 식당이 있었는데 그곳에서는 퇴근 후의 공원들을 겨냥하여 술도 겸해서 팔았다. 공원들 대부분이 그 동리에서 살았기에 그 식당의 주 고객은 거의 우리 회사의 공원들이었다.

일을 마치고 퇴근할 때 차를 타고 식당 앞을 지나다 보면 대여섯 명의 공원들이 모여 앉아 있기 일쑤였다. 그럴 때면 나는 기사를 기다리게 하고는 차에서 내려 그 식당에 들어가 그들과 같이 앉아 많이 못하는 술이지만 두어 잔을 같이 마시며 공장 이야기, 그들의 생활 이야기 등을 시간 가는 줄 모르고 같이 나누었다. 먼저 일어나 나오면서 술값을 대신 지불해 주고 서울로 향하는 마음이 그렇게 흐뭇할 수가 없었다.

그때 공장에는 남자 기술직 공원 3백여 명에 종이 제품을 선별 포장하는 여공들이 60여 명 정도 있었다. 거의가 농촌 출신으로, 다른 소규모의 공장에서 선발되어 입사한 사람들이었다. 일부는 견습공들이었는데, 나는 이들의 경우 주로 농촌에서 어렵게 사는 사람들을 우선적으로 채용했다. 그래서 착실히 근무하고 열심히 기술을 습득하면 몇 달 후 숙련공으로 진급시켰다. 공원들 거의 모두가 그런 과정을 거쳤다. 지금 생각해 보면 내가 그들에게 그토록 애정을 기울인 것은 나 역시 가난한 농촌 출신이기 때문은 아니었을까.

그들과의 생활 속에서 지금껏 잊히지 않는 일이 하나 있다. 사무실에서 일을 끝내면 대부분의 시간을 현장에서 공원들과 같이 지냈기 때문에 나로서는 개개인의 성격도 어느 정도 파악하고 있는 셈이었다. 그즈음 정혼기에 이른 모범적인 남녀 공원을 중매했더니 얼마 후에 두 사람이 함께 찾아와 결혼을 약속했다며 나더러 주례를 서 달라고 했다. 내 나이 겨우 30대 후반인데다 주례를 선 경험도 없거니와 쑥스럽기도 해서 거절을 했다. 그랬더니 이번에는 담당 과장까지 나서서 극구 부탁을 하는 바람에 어쩔 수 없이 주례를 선 일이 있었다. 그 일이 나로서는 주례를 선 처음이고 마지막이었다. 그들이 신혼여행에서 돌아와 같이 출근한 날 아침에 나를 찾아와 인사를 했다. 그때의 대견하고 흐뭇했던 심정을 지금도 잊을 수 없다. 그들은 공장 앞 동리에 신혼살림을 꾸리고 모범적인 공원으로 열심히 일을 했다.

나는 공원들의 기술 훈련에 각별히 정성을 기울였다. 그 당시 기계 공급처인 일본 미쓰비시 중공업에서는 기계 설비 각 공정의 기술 설명서와 효율적인 운전 방법을 일본어로 작성하여 우리에게 제공했다. 그 설명서를 하나하나 한글로 번역하여 책을 만들어 공원들 모두에게 나누어 주고 시간이 날 때마다 부서별로 모아 놓고 설명을 해 주었다. 공원들도 최신 기술을 남보다 빨리 습득

한다는 자부심을 갖고 열심히 공부를 했다.

　나는 그들과 같이 십여 년을 보냈으며, 훗날 내가 타의에 의해 공장을 떠나게 되었을 때 그들의 눈물어린 환송을 받았다.

인간지사 새옹지마

하루는 공장에서 일을 하고 있는데 한양대학교 대학원 원장인 전풍진 박사님으로부터 전화가 왔다. 한 번 만나보고 싶다는 것이었다. 서울에 올라와 2년간 그분 밑에서 대학원을 과정을 마친데다 결혼식 때는 주례도 서 주셨기에 스승의 날이면 자주 찾아뵙고 인사를 드려 온 분이었다.

주중에는 공장일이 바빠, 주말을 이용해 청파동 댁으로 방문을 했다. 박사님은 그 당시 대학원 원장으로 계시면서 대학원과 대학교, 야간대학 등 세 곳에서 제지공학을 강의하고 계셨다. 인사를 하고 앉자마자 뜻밖의 말씀을 하셨다.

"내가 요즘 너무나도 바쁘니 야간대학 강의는 이제부터 황군이 맡아 주었으면 좋겠네."

공장 생활이 고되고 바쁘기는 했지만 나로서는 너무나도 기쁜 일이었다. 머뭇거릴 필요도 없이 "네, 그러겠습니다." 하고 대답했다. 박사님으로서는 서울공대를 비롯하여 오래도록 여러 대학에서 강의를 했기 때문에 서울 출신들의 제자가 많을 텐데도 지방대학 출신인 나에게 중임을 넘겨주신 것이다. 아마도 공장에서의 실무 경험을 고려하신 배려가 아니었을까 싶기도 했지만, 아무튼 나로서는 적지 않은 보람이고 행운이었다.

대학에서 강의를 하는 것은 나의 오랜 꿈이기도 했다. 그래서 한때는 대학원을 마친 후 공부를 계속할 생각도 했었다. 또한 박사님의 소개로 미국 뉴욕 주에 있는 시라큐스 임산 대학에 유학을 가 제지공학을 더 공부하여 대학교수 생활을 할 계획도 세워 보았었다. 제일 이상적인 것은 고급 기술인으로서 공장에서 일을 하면서 대학에서 강의를 하는 것이었으나, 그것은 하나의 꿈에 불과한 일이었다. 결국 나는 제지 공장으로 발길을 옮겼다. 그런데 이제 공장장으로 재직하면서 대학 강단에도 설 수 있게 되었으니, 그 꿈이 현실로 찾아와 소원이 풀린 셈이었다. 동시에 해묵은 미련도 사라졌다. 인간지사 새옹지마라는 생각이 들었다.

그때 한양공대의 야간대학은 서울 운동장(현재의 동대문 역사문화 공원) 근처에 있는 성동공고의 교실을 빌려 쓰고 있었다. 나는 펄프와 제지공학을 3, 4학년을 대상으로 하여 한 주에 네 시간씩 꼬박 6년간 강의했다. 훗날 내가 제지기계 판매 사업을 하던 때의 일이다. 한 제지 공장의 현장을 돌아보고 있을 때였는데, 갑자기

건장한 사람이 다가와 "선생님, 저는 ○○년도 한양대 야간대학 출신입니다." 하고 공손히 인사를 했다. 나에게 제지공학을 배운 사람인데, 당시 그 공장의 기술직 간부로 있었다. 너무도 반갑고, 보람 있게 느껴졌던 기억이 지금도 새롭다.

그 당시 공장에서 대학까지는 승용차로 한 시간 가량 걸렸다. 경부고속도로가 생긴 후이고 그때만 해도 길이 한산하여 출강 시간에 맞추어 가기에는 지장이 없었다. 공장에서 퇴근하여 학교에 도착하면, 기사는 먼저 밥을 먹고 기다리게 하고 나는 작업복 차림 그대로 곧바로 강의실로 향했다. 강의를 마치고 늦은 시간에 집에 와 저녁을 먹고 나면 피곤하여 곧바로 잠자리에 들고는 했다. 그래도 나는 그때 그 생활이 만족스럽고 행복했었다.

강의 시간이면 더러는 옛날 나의 대학시절, 공장에서 일을 하면서 공부를 하던 기억이 새삼스레 떠오르기도 했다. 내게서 강의를 듣던 학생들도 거의가 직장에서 일을 하고 밤에 와서 공부를 하는 사람들이었다. 나는 내가 어렵게 겪었던 옛일을 마음속에 되새기며, 형설의 꿈을 안고 늦은 밤에 나와 학문의 탑을 쌓고 있는 그들에게 촛불을 밝혀 주는 심정으로 정성껏 강의했다.

새 인생을 사리라

나는 낮에는 공장에서 일을 하고 밤에는 대학 강단에 서서 제지 기술을 강의하는 생활에 큰 보람을 느껴, 그것이 내 천직이려니 여기며 살았다.

그렇게 세월이 십여 년 흘러갔다. 내 나이 40대 중반에 이르렀고 네 딸은 줄줄이 학교에 다니고 있었다. 때때로 아이들의 장래 교육비가 걱정이 되었다. 맞벌이 부부의 빠듯한 수입으로 네 아이를 가르칠 계산이 서지 않았던 것이다.

예나 지금이나 한 회사에서 큰 규모의 일을 맡은 기술 책임자로 초빙이 되었을 때는 어느 정도 안정된 생활을 보장받고 가는 것이 상례였다. 그러나 한참 젊었던 나는 "공장이 잘되면 좋은 대우를 해주겠다."는 회사 측의 말을 믿고 언젠가는 형편이 나아질 것이라 생각하며 열심히 일만 했다. 그 후 공장은 성장을 거듭하여 회사의 운영이 순조로워졌다. 그러나 대우는 변함이 없어, 나는 여전히 회사의 평이사 수준에 머물러 있었다.

생각 끝에 나의 형편을 솔직히 말하였더니 그 후부터 나에 대한 눈치가 달라지는 게 느껴졌다. 그러던 어느 날, 갑작스레 서울 본사로 이동 발령이 났다. 갑작스러운 인사 명령에 당황스러웠다. 그동안 공장을 위하여 해온 일을 생각하면 사전에 한 번쯤은 나와 상의를 했어야 할 일이 아닌가. 공장에서 일하던 사람을 본사로 보내는 것은 바다에 사는 고기를 민물에 가져다 놓는 셈이니, 이제는 네가 없어도 공장이 잘 돌아간다는 생각이 아니겠는가. 세상에 이럴 수가 있을까, 나는 서운함과 함께 비정함을 느꼈다.

공장의 종업원들도 모두 의외의 발령에 아쉬움을 표했다. 본사로 출근할 날을 받아 놓고 나는 고민에 빠졌다. 잠도 제대로 이룰 수가 없었다. 이대로 어쩔 수 없이 공장을 떠나고야 말게 되다니…. 떠나던 날, 4백여 명의 남녀 전 종업원을 공장 운동장에 모아 놓고 석별의 인사를 했다. 그러자 이곳저곳에서 훌쩍이는 소리가 들려왔다. 내 눈에서도 눈물이 흘렀다. 정든 공장 식구들과 이별하는 슬픈 시간이었다.

본사에 출근하자 내게도 업무가 하달되었다. 그러나 내가 공장에서 하던 일과는 거리가 있었으니, 본뜻은 떠나라는 눈치였다. 이러한 일은 그 시절 힘없는 기술인들이 더러 당하는 일이었다.

그때 나의 총재산이란 아내와 둘이 벌어 겨우 마련한 30평짜리 아파트가 전부였으니 아이들을 데리고 살아갈 날이 까마득했다.

그러던 어느 날이었다. 동종업체인 N제지 회사의 중역 한 분이 나를 저녁 식사에 초대했다. 그 자리에서 하는 말이, 자기네 회사의 공장으로 와 달라는 것이었다. 대우도 충분히 해주겠다고 했다. 그러나 양심상 경쟁업체의 공장 책임자로 바로 가는 것은 도리가 아니기도 하고 한편으로는 개인 기업체에 대한 환멸도 느껴, 생각해 보겠다는 말로 응할 뜻이 없음을 은연중에 알리고 헤어졌다.

그러는 동안 우리 회사에서는 암암리에 내 대신 새 공장장을 초빙하려고 두서너 명의 고급 제지 기술인들과 접촉하고 있다는 이야기가 들려왔다. 하지만 우리 회사의 나에 대한 비정함이 소문이 난지라 누구도 그 자리에 오지 않았다. 별수 없이 그 자리는 그 후 십여 년 이상 본사의 사무원을 공장 책임자로 앉혀 놓을 수밖에 없었다.

나는 아이들의 교육을 위해서라도 돈을 벌어야 했다. 더는 그 상태로 머물러 있을 수 없었다. 며칠간의 궁리 끝에 회사를 떠나기로 결심하고 사표를 냈다. 회사 측에서 퇴직금은 어떻게 하는 게 좋겠느냐고 물었다. 처분대로 하시라는 말 외에 달리 할 말이 없었다. 퇴직금이 나왔다. 금액은 단 한 달분의 월급을 더 보태었을 뿐이었다. 한참 젊은 나이의 사람을 공장 건설 책임자로 데려다 그렇게 오랜 시간 고생시켜 가며 부려먹었는데, 이제 공장이 잘 돌아가게 되니 이렇게 해서 내보내는 것인가. 참으로 야박한 일이었다. 나로서는 억울하다는 마음을 지울 수가 없었다.

시시비비를 가리면 그동안의 공로를 환기시켜 요구하는 대로 더 받아 낼 수도 있었으리라. 하지만 그러기 위해서는 분명 옥신각신해야 할 터였다. 나는 생각 끝에, 그렇게 해서 더 받아내느니 차라리 그 돈으로 나의 새 인생을 사리라는 마음으로 입을 꾹 다물고 회사를 떠났다.

신이 나를 도왔는지 퇴직 후 구멍가게만한 회사로 시작한 나의 사업은 의외로 신속히 번창했다. 그래도 그 공장 생활은 내 인생과 사업에 적지 않은 밑받침이 되었다는 고마운 생각에 지난 일을 잊기로 했다. 나는 지금도 새해가 되면 그 사장님께 맨 먼저 인사를 가고 있다.

5부

저들의 복으로

회사 설립

새 사업을 시작하려는 즈음에 나는 신기한 꿈을 꾸었다. 환한 대낮에 길을 걷고 있을 때였다. 갑자기 흑룡 한 마리가 동쪽 하늘에 나타났다. 커다란 날개로 온 하늘을 덮다시피 하고는 나의 머리 위를 날아 서쪽으로 가다가 갑자기 머리를 내 쪽으로 휙 돌려양 눈을 부릅뜨고 나에게 달려들었다. 깜짝 놀라 깨어 보니 꿈이었다. 너무나도 신기했다.

회사 이름을 지으려고 작명소를 찾아 갔다. 용은 바다에서 올라오는 것이니 회사 이름에 바다의 뜻을 넣고 싶어 꿈 이야기를 했다. 그러자 작명가가 바다 양(洋) 자를 택하고 그 위에 삼대양(三大洋)의 삼(三) 자를 써서 삼양무역상사(三洋貿易商事)라 하라고 했다. 덧붙여 한국이나 일본의 경우 대부분의 대기업 이름의 머릿자에 삼자가 들어 있는데 그것이 좋다고 했다. 내 생각에도 흡족한 이름이었다.

나는 그 후 지금까지도 꿈에서 본 그 흑룡의 모습을 떠올리는데, 그래서일까 내 사무실 책상 위에는 하늘로 솟아오르는 용이 새겨진 화병을 놓아두고 있다. 그리고 집의 거실에는 비룡의 웅자를 표현한 한 스님의 그림을 걸어 두었다.

사업을 시작하던 초기, 사업 자금이 넉넉지 못하여 깨끗한 건물엔 들어갈 수가 없었다. 그 당시 제지 회사들이 모여 있던 을지로 3가 옛 중앙극장 맞은편의 허름한 건물 2층에 열 평 정도의 사무실을 얻어 간판을 내걸었다. 직원 수는 나까지 세 명이었다. 마치 구멍가게와 같은 규모였다. 활동 무대는 각 지방에 있는 제지 공장이기 때문에 기동력이 필수였다. 나는 기아 자동차에서 만든 '브리사'를 사서 내가 직접 차를 몰고 다녔다. 주차장이나 차고도 없어 차는 늘 건물 옆 골목길 구석에 주차해 두었다.

우선 급한 것은 초기 운영 자금이었다. 마침 아트지용 약품 회사가 일본에만 있고, 아직 한국에는 판매 대리점이 없는 것을 알아냈다. 그 당시는 팩스나 이메일이 없을 때라 국제 통신은 모두 텔렉스를 활용했다. 그러나 우리는 지금 돈으로 2백여만 원이나 하는 텔렉스를 살 만한 자금이 모자랐다. 궁여지책으로 조씨 성을 가진 친지의 사무실에 원고를 써 가지고 가서 부탁을 하고, 회신이 왔다는 연락이 오면 쫓아가서 찾아오고는 했다.

그렇게 텔렉스로 연락한 바, 총판권을 주는 데는 실적이 있어야 하니 먼저 한두 톤이라도 국내에서 팔아 보라고 했다. 총판권을 따내어 그것만 정기적으로 수입 대행을 해도 회사의 운영비는 충당할 수 있을 것 같았다.

궁리 끝에 그 약품의 실수요처인 의정부의 D판지 제조 공장을 찾아갔다. 그 회사의 고오석 공장장은 나와 같은 제지 업계에 종사하면서 친구처럼 지내는 사이였다. 퇴직 후 어려움에 처한 나의 사정을 이미 소문을 통해 알고 있었다. 그는 내 사정 이야기를 듣고는 다른 회사에서 수입해 쓰고 있던 절반 정도의 분량을 나의 것으로 대체키로 하고 처음에 25톤을 발주해 주었다. 그 일은 훗날 내 사업을 일으키는 데 밑거름이 되어 주었다. 나는 지금까지도 그 우정에 대한 고마움을 잊지 못하고 있는데, 애석하게도 그는 얼마 전에 세상을 떠나고 말았다.

하루는 미쓰비시 상사 서울 지점을 찾아갔다. 그곳이 미쓰비시 중공업의 제지기계 한국 총판매 대리점인 줄 알고 같이 협력해서 팔자고 건의하러 갔던 것인데, 그들로부터 자기들이 직접 팔겠다는 대답만 듣고 거절당했다. 서운했지만 단념할 수밖에 없었다. 그로부터 얼마 후, 모 제지회사의 부탁으로 동경의 미쓰비시 중공업 제지기계 수출과장 오카히사 씨에게 국제전화를 하게 되었다. 나는 그 회사의 부탁 내용을 전달한 후, 우리도 당신 회사의 제지기계를 팔 수 있느냐고 물어 보았다. 그러자 서울의 미쓰비시 상사는 계약된 총판 대리점이 아니니 삼양무역이 팔 수 있다면 팔아도 좋다는 답이었다. 너무도 즐거운 일이었다.

3, 4개월 후 나는 군산에 있는 S제지 회사로부터 신문용지 시설 한 대를 주문받았다. 그 소식을 들은 미쓰비시 서울 지점에서 담당자가 뛰어왔다. 그는 우리에게 새 사무실을 제공해 줄 테니 같이 팔자고 했다. 그러나 나로서는 이미 미쓰비시 중공업 측과 총판 대리점 계약이 끝난 상태였으니 응할 수 없었다.

세상일이란 알 수 없는 것, 그들에게 부탁했을 때 거절당한 것이 결과적으로는 오히려 잘된 것이 아닌가. 미쓰비시 중공업으로서는 나로 인해 한국의 제지공업 분야를 자세히 파악할 수 있었을 뿐 아니라, 판로가 보이자 오랜 인연을 맺어온 나와의 계약에 만족스러워 했다. 나의 사업은 점차 자리를 잡아가기 시작했다.

미쓰비시(三菱) 중공업과의 인연

일본의 미쓰비시 중공업을 떠올리면 일제 강점기 유년시절이 떠오른다. 노령산맥 끝자락에 인접해 있는 고향 땅 김제 들에는 많은 사금(砂金)이 묻혀 있었다. 일제는 군함만한 채금선(採金船)을 들 한가운데 설치해 놓고 금을 캐내었다. 땅을 파 내려가는 대형 망치 소리가 밤낮을 가리지 않고 십 리나 떨어져 있는 우리 동리까지 쾅쾅 울렸다. 일제는 그렇게 우리의 금 자원을 수탈해 간 것이다.

그들은 우리 동리와 가까운 곳에 사택을 지어 놓고 가족을 데리고 와 살림을 했다. 아이들도 여럿이 있었는데, 모두가 초등학생이어서 20여 리 거리인 김제읍의 일본인 학교까지 아침저녁 승용차를 이용하여 등하교를 시켰다. 그 차는 늘 우리 동리 바로 앞에 있는 신작로를 지나다녔는데, 철없는 우리들은 흰 테를 두른 모자에 교복을 입고 다니는 그 모습이 부러워 마치 구경거리나 생긴 듯 그 차를 바라보고는 했다. 어떤 때는 옆 동산 언덕에서 놀다가 멀리 읍내 쪽에서 차가 오는 것이 보이면 누군가의 "온다!" 소리와 함께 모두 신작로까지 뛰어 내려가 차가 다 지나가도록 바라보기도 했다.

그러던 우리가 이젠 그들과 대등한 수준에 서 있다. 나는 지난 시절 공장장으로 있을 때, 미쓰비시 기계를 수입하여 설치했던 관계로 10여 년 동안은 그들의 귀한 고객이었다. 따라서 그쪽 회사의 관계자들과도 친한 사이로 지냈다. 그 인연이 이어져 판로가 감소되어 수출을 중단할 때까지 꼭 35년이라는 긴 세월 동안 한국 총판 대리점을 했으니, 세상일이란 변하고 또 변하는 것이었다.

제지 기계를 한국 시장에 팔기로 합의한 후에도 그들은 나에게 바로 총판권을 주지 않았다. 한 대라도 먼저 팔아 실적이 생기면 그때 가서 정식으로 계약을 체결하기로 했다. 그러나 한 대에 수천만 불이나 하는 큰 규모의 공장 시설을 판다는 것은 쉬운 일이 아니었다.

나는 오랜 세월 친분 관계를 맺어온 제지 회사의 공장장이나 중역들에게 전화로 증설 계획을 물어보았다. 그동안 그들과는 친근한 사이가 되어 있어, 일일이 찾아다니지 않아도 충분히 가능한 일이었다. 얼마 후 한 공장장으로부터 전화가 왔다. 증설을 할 계획인데 일본의 미씨비시 중공업 공장에 같이 가서 상담을 하자는 것이었다. 나로서는 마다할 일이 아니었다. 나는 그를 안내하여 히로시마 시 옆에 있는 미쓰비시 미하라(三原) 제작소를 찾아갔다. 홍원제지에서 공장장으로 재직하던 시절에 여러 번 방문했기에 나에게는 익숙한 길이었다.

그때 유럽의 한 제지기계 수출업체가 우리와 경쟁하게 되었다. 그러나 극심한 경쟁에서 이겨, 수천만 불이나 되는 시설을 주문받게 되었다. 그로부터 얼마 후 정식으로 한국 총판 대리점의 계약서에 서명을 했다. 하지만 당시에 주문 받은 판매 건의 구전(口錢)을 우리 회사가 받으려면 1년 후 선적 때까지 기다려야만 했다. 창업 초창기에 그 기간을 버티기란 쉬운 일이 아니었다. 그러나 미쓰비시 측에서 협력 자금이란 명목으로 적지 않은 금액을 나에게 보조해 주었다. 선적 때까지 회사 운영자금에 보태어 쓰라는 배려였다. 역시 큰 회사라 달랐다. 무척 고마웠다. 그렇게 1년이 지나가고, 드디어 우리에게 첫 구전이 송금되어 왔다. 나로서는 처음으로 만져 보는 거금이었다. 감개무량했다.

형편이 나아지자 고생만 해 온 집사람 생각이 났다. 그동안 네 딸을 낳아 기르면서도 학교에 나가 근무에 소홀함이 없었고 가장의 뒷바라지까지 하느라 늘 힘겹게 지내 온 아내, 나는 그동안의 고마움을 그 당시 제일 고급차였던 현대자동차의 '포니 투'를 사서 선물하는 것으로 표시했다. 첫 구전의 기념인 셈이었다. 그러나 나는 그 후로도 한동안 더, 낡은 '브리사'를 몰고 다녔다.

그때를 돌이켜 보면 전화위복이라는 말이 떠오른다. 아쉬운 심정으로 떠나온 공장이었지만 그때 그런 기회가 없었더라면 어찌 내 사업을 일으킬 수 있었겠는가. 그냥 그 생활 속에 안주하고 말아 역경을 이겨내는 보람 또한 맛볼 수 없었을 것이 아닌가. 내 사업을 일으켜 기반을 잡고 가족들 또한 안정된 생활을 하게 되었으니 지금 돌이켜 보면 고마운 일이다. 다만 가시지 않은 미련 속에 늘 남아 눈앞에 어른거리는 것은, 공장에서 나와 함께 일을 하던 정든 공원들의 모습이었다.

저들의 복으로

　반세기 전, 내가 결혼할 때만 해도 아들을 선호하는 풍조가 짙게 남아 있었다. 아들로 가문의 대를 잇고, 늙으면 자기 자신의 생활을 아들에게 의지하려는 관습 때문이었다.

　칠 남매의 막내인데다 집안에 이미 사내 조카들이 많은지라 나는 가문을 우선시해야 한다는 등의 책임감 같은 것은 없었다. 그러니 아들을 꼭 낳아야 한다는 면에서는 대체로 자유로운 편이었다. 그러나 연로하신 어머니는 그렇지 않았다. 어머니께서 손자 보기를 하도 기다리셨기에 아들을 하나라도 낳아 안겨 드리고 싶었지만 운명의 신은 우리에게 네 딸만을 주었다. 하지만 나는 딸들만으로도 충분히 만족스럽다.

　총각 시절, 어느 동리의 골목을 지나는데 맑고 경쾌한 피아노 소리가 나의 발걸음을 멈추게 했다. 한참 동안 듣고 서 있는데 그 느낌이 어찌나 정겹고 따스한지 나도 나중에 결혼하여 딸을 낳으면 꼭 피아노를 가르쳐야겠다고 생각했다. 그래서 첫딸이 유치원에 다니기 시작하자 일제 가와이 피아노의 중고품을 사 주었다. 넷째 딸이 초등학교 5학년 때는 야마하 그랜드 피아노를 사서 항공편으로 가져오는 극성을 부리기도 했다.

한때는 일본에 자주 출장을 갔었다. 일을 끝마친 후 아이들의 선물을 사는 데 하루나 이틀이 걸렸다. 한 가지 학용품이라도 네 벌을 사야 했다. 더 힘들었던 것은 옷가지를 사는 일이었다. 백화점을 두어 군데 돌아다니며 먼저 마음에 드는 것을 네 명의 키에 맞추어 골라 놓아야 했다. 한 곳에 모두가 진열되어 있다면 쉬운 일이지만 위층 아래층 이곳저곳을 몇 시간 동안 오르내리다 보면 어찌나 다리가 아픈지 한참씩을 쉬어야 했다. 그런 후 골라 놓은 것을 모두 사가지고 호텔로 돌아오면 피곤하여 축 늘어지고는 했다.

그것을 들고 입국 통관하는 데도 문제가 있었다. 한두 벌 같으면 모르겠는데 아내의 것까지 합해서 다섯 벌이나 되니 더러는 보따리장수로 오해를 받기도 했다. 그럴 때면 딸이 넷이라는 것을 세관원에게 설명하는데 진땀을 빼기도 했다.

나는 딸들을 기르면서 장래 아내의 뒤를 따라 교육자가 되기를 희망했다. 그러기 위해서는 유학도 보내야 했고, 제가 원하는 대로 끝까지 공부할 수 있도록 뒷바라지를 해주고 싶었다. 그러나 그 당시 우리 부부의 맞벌이 수입으로는 계산이 나오지 않았다. 날이 갈수록 아이들의 교육비와 취미생활비가 눈덩이처럼 불어 나기 시작하자 나는 적잖이 걱정이 되었다.

그러던 중 큰딸이 중학교 2학년이 되던 해 나의 운명은 큰 변화를 맞았다. 예상치도 않았던 개인 사업을 하게 된 것이다. 사업은 해가 지날수록 순조로워졌다. 아이들을 교육시킬 자신감이 생겼다. 첫째와 둘째는 집사람의 뒤를 이어 교육학을 전공시켰고 셋째와 넷째는 바이올린과 피아노를 시키며 예술의 명문인 예원학교와 서울예술고등학교에 보냈다. 딸을 낳으면 음악을 가르쳐야겠다고 생각했던 총각 시절의 꿈이 이루어진 셈이었다.

저희들의 전공에 따라 바이올린을 하는 셋째는 교향악단에 들어갔고, 첫째와 넷째는 영국에, 둘째는 미국으로 유학을 갔다. 첫째와 둘째는 미리 서울에서 결혼을 시켜 부부를 같이 보냈다. 학위를 받는데 5, 6년이 걸렸다. 그동안 딸들에게 소요되는 유학 비용은 시댁의 신세를 지지 않도록 내가 보내 주었다. 세 딸의 생활비와 학비는 만만치 않았다. 더욱이 영국은 미국보다 훨씬 더 들었다.

다행히 아이들은 누구 하나 속 썩이지 않고 착실하게 제 몫을 해 주었다. 게다가 나의 사업도 순조롭게 풀려 나가 그들을 공부시키는 데 어려움이 없었다. 은행에 가서 두 나라로 송금을 하고 나올 때면 그렇게도 흐뭇할 수가 없었다. 그 기쁨으로 열심히 사업을 할 수 있었던 것이다. 만일 내가 사업을 시작하지 않고 맞벌이 부부로 직장 생활만 했더라면 그 많은 비용을 감당해 내며 아이들 공부를 시킬 수 있었을까. 아마도 어려운 일이었을 것이다. 예상외로 장사가 잘되니 한 가지 아쉬움이 가끔 머리를 들었다. 지난날 다섯 번째 태기가 있을 때 포기하지 말고 아들이든 딸이든 낳아서 길렀더라면 좋았을 걸 하는…. 경제적으로도 큰 어려움 없이 기를 수 있었을 텐데, 가끔 미안하고 아쉬운 마음이 들었다.

돌이켜 생각해 보면 아이들이 성장하는 시기에 시작한 사업이 잘 풀려나간 것은 나의 운이라기보다 아이들이 타고 난 복(福) 때문이었으리라는 생각을 한다. 거기에 한평생 교육자의 몸으로 검소한 생활을 해온 아내, 사업에 몸담은 가장을 내조하고 네 딸의 인품까지 흠 없이 훌륭하게 돌보아온 아내의 공(功)을 어찌 빼놓을 수 있으랴. 그러고 보면 내가 별 탈 없이 살아온 것은 가족의 정성에 힘입은 것이 아니겠는가.

팔은 안으로 굽는다

　기계를 파는 데 있어 가장 힘든 일은 역시 가격을 흥정하는 일이다. 이 일은 이윤을 많이 얻으려는 상사 측과 싼 값으로 사려는 고객과의 하나의 전쟁이다.

　판매 대리점인 나의 역할은 중간에서 통역이나 해 주고 심부름만 하면 되는 듯싶었지만 나름대로의 고민이 있었다. 남의 나라의 대리점 역할은 언젠가는 끝이 나지만, 내가 중간에 들어서서 사들이고 있는 이 시설은 영원한 우리의 재산이 된다는 생각을 늘 했다. 이러한 생각은 지난날 공장 생활을 할 때, 한 외국 회사 판매 대리점원 안 씨와 상담을 할 때부터 갖게 된 것이었다. 그는 자기가 외국 회사의 물건을 한국에 팔고는 있지만 한국인으로서의 국가관은 언제나 지키고 있다는 말을 했다. 그 말이 고맙기도 하고 나 또한 그의 생각에 동의하고 있는 터라 내가 그 자리에

섰을 때 나 역시 부끄러움이 없는 사람이 되고 싶었던 것이다.

거래는 규모가 큰 시설이라 값도 적은 금액이 아니었다. 따라서 경쟁업체들을 번갈아 불러들이며 보통 세 차례 이상의 흥정을 했기에 기간도 한 달 이상 걸렸다. 결국 경쟁사끼리 싸움을 붙여 스스로 가격을 내리도록 유도했다. 경쟁사들은 여러 날을 호텔에 체재하면서 서로의 눈치를 보아가며 작전을 짜느라 고심했다. 흥정의 최종 단계에 이를 때면 나는 우리 고객들이 좀 더 좋은 가격으로 살 수 있도록 보이지 않는 노력을 했다.

팔은 안으로 굽는 것인가, 나는 기계를 파는 입장이었지만 공급업체들에 심한 경쟁을 붙여 우리 고객이 적절한 금액으로 살 수 있게 될 때면 그렇게 마음이 흐뭇할 수가 없었다. 그것은 우리가 가난했던 저개발국가 시절, 그들로부터 빌린 차관 자금으로 산업 시설을 사면서 정당한 가격 경쟁 한 번 붙여 보지 못하고 몇 십 퍼센트씩 비싼 값이지만 눈물을 머금고 사야 했던 때를 떠올렸기 때문이었을 것이다. 하나 이제는 우리 기업들도 부자가 되어 모두가 자기 돈으로 떳떳한 가격 경쟁을 시켜 살 수 있게 되었다.

시설의 본체를 팔 때에는 1, 2년분의 소모품도 포함해서 팔았기 때문에 1년이 지나자 소모품 재구입의 견적 의뢰가 왔다. 나는 그 품목을 재정리하여 미쓰비시에 발송했다. 며칠 후 가격표가 왔기에 비교해 보니, 본체에 포함해서 팔았을 때와 비교해 세 배

가량 비쌌다. 그대로 고객에게 제출하면 불평을 하면서도 어쩔 수 없이 사겠지만 나의 마음은 편치 못했다. 금액으로도 적은 금액이 아니었다.

고민 끝에 동경에 나의 뜻을 알리고 값을 좀 싸게 할 수 없느냐고 문의했다. 그랬더니 자기들도 그 소모품은 직접 만들지 않아 하나하나 전문 회사들로부터 견적을 받는데, 그 관리비가 많이 들어 별 수 없다는 것이었다.

하나의 방법을 생각해 냈다. 이번에야 시간적으로 급해 어쩔 수 없지만 미쓰비시를 설득해 다음부터의 소모품은 그 전문 업체를 고객들에게 알려주어 그들이 직접 사도록 하는 것이었다. 그것은 훗날 더 큰 사업을 위해서도 오히려 도움이 될 듯했다. 미쓰비시에 나의 의견을 알렸더니 선뜻 동의해 주었다. 나는 견적서를 작성하여 고객에게 보내면서 나의 의견을 자세히 알렸다. 그들도 흔쾌히 수락해 주었다.

그 후부터 미쓰비시 기계의 제지 공장들은 모든 소모품을 일본의 각 전문 업체들로부터 헐값으로 살 수 있었다.

판매 경쟁의 이모저모

"그 나라의 문화 수준은 종이의 소비량으로 알 수 있다." 이 말은 해방 후 한때 식자(識者)들 사이에서 유행했던 말이었다. 그 당시 우리나라의 연간 종이 생산량은 겨우 5천 톤에 불과했다. 그러나 지금은 어떠한가. 연간 생산량이 1,100만 톤에 이르니 가히 천문학적인 차이가 아닌가.

5천 톤이던 종이 소비량은 조금씩 늘어나기 시작하여 1970년 대에 들어서 우리나라가 개발도상국으로 질주하면서 제지 공장이 증설되기 시작했다. 마침 내가 일본 미쓰비시 중공업의 제지 기계를 판매하기 시작할 때부터의 20여 년 간은 종이의 수요량이 해마다 2, 30퍼센트씩 늘어났다. 그래서 큰 규모의 제지 공장 증설이 붐을 일으키자 유럽 등에서 두서너 군데 세계적인 제지 기계의 제작 회사들이 모여들어 판매 각축전을 벌이기 시작했다.

제지 공장 하나를 세우는 데는, 가격표와 시설 명세서를 접수하여 검토하고 값을 흥정하여 발주하기까지 꼬박 1년이 걸렸다. 그 후 기계를 제작하는 기간, 그리고 선적해 온 기계를 설치하여 종이가 생산되어 나오기까지는 꼬박 1년씩 더 걸려 모두 3년이 소요되었다.

　응찰하는 외국 회사들은 기계, 전기 등 각 분야의 전문 기술자들로 구성된 인원이 열댓 명씩이 한국에 와 여러 날 동안 체재하면서, 설비의 기술 검토와 가격 흥정에 임했다.

　이러한 판매 경쟁이 지속된 20여 년 동안, 우리나라에 제지 공장이 10여 곳 이상 증설되었는데 이를 모두 미쓰비시가 석권했으니 한국 총판을 하고 있는 나로서는 적지 않은 행운이었다. 그 후로 두서너 대의 유럽 설비가 도입되기도 했으나 한국의 백상지와 신문지 및 포장지 등의 제지 산업은 미쓰비시의 설비가 주축이 되어 만들어 낸 셈이었다.

　미쓰비시의 제지 기계가 그처럼 많이 팔린 데는 몇 가지 이유가 있었다. 첫째로는, 그 당시 우리의 제지 산업은 모든 면에서 낙후된 상태였지만 일본은 우리에 비해 기술적인 면에서 훨씬 앞서 있었다는 점을 들 수 있다. 게다가 당시 일본의 대형 제지 기계는 거의 미쓰비시의 제작품이었다. 그래서 우리나라에 미쓰비시의 선전 효과가 컸다. 둘째, 일본은 우리나라와 거리상으로 가까워 그들의 안내에 따라 일본의 제지 공장을 견학하는 것이 용이하고 기술을 습득하는 데도 유리했다. 또한 생산 중에 어떠한 문제가 발생하면, 미쓰비시 본사에서 다음날이라도 와서 신속하게 도와줄 수 있었다. 더욱이 소모품이나 예비품이 긴급히 필요할 때는 쉽게 공급받을 수 있는 장점도 있었던 것이다. 그러니 유럽의 경쟁사들은 이러한 점에서 불리할 수밖에 없었다.

여기에 판매 대리점의 역할도 중요했다. 대리점 역시 주문을 받을 때까지 구경만 하는 것이 아니었다. 한 대에 수천만 불이 되는 기계 값을 흥정하는 동안은 양쪽을 오가며 일이 성사되도록 최선의 노력을 해야 했다. 대리점은 복덕방의 입장이 되어 고객한테 가서는 판매자 측의 입장에 서서 설득을 해야 하고, 판매하는 측에는 고객이 원하는 바를 충분히 전달해야 했다. 그뿐인가, 경우에 따라서는 가격 흥정에 필요한 정보도 입수해 전달해야 했다.

이러한 어려운 과정을 거쳐 지금의 우리 제지 공업계는 한 해에 천만 톤 이상의 종이를 생산해 내고 있다. 이제는 품질이나 기술적으로도 완벽하게 국제적인 수준에 도달해 있는 것이다. 반세기 가깝게 제지 산업의 역사를 지켜보아 온 나로서는 요즘의 현실에서 예전을 돌이켜 보면 참으로 격세지감을 느끼게 된다.

취소당한 총판 대리점

어느 날 S제지 서울 본사 전무로부터 전화가 왔다. 좋은 메이커 (제작업자) 한 사람이 연락을 할 테니 한 번 만나보라는 것이었다. 얼마 후 조선 호텔에 투숙 중인 바인더라는 미국인으로부터 만나 자는 전화가 왔다. 그는 미국 오하이오 시에 있는 아큐레이 회사 의 판매 직원이었다. 회사 이름을 딴 '아큐레이'는 세계적으로 유 명한 제지 공장 컴퓨터 자동 조절 장치였고 미국 등의 선진국 공 장에서는 이미 활용을 하고 있었다. 그러나 우리나라는 소규모 공장들이 대부분인데다, 활용할 기술력도 부족했기 때문에 그저 소문으로만 알고 있을 뿐이었다.

그들이 한국에 온 이유는 미쓰비시의 대형 제지 기계가 상륙해 있다는 사실을 알고 '아큐레이'의 판로를 개척하기 위해서였다. 며칠 동안 체류하며 우리나라의 제지 회사 여러 곳을 방문하던 중 S제지 회사에서 나를 소개받았다고 했다. S제지 회사 전무가 상담 중에, '아큐레이'를 한국 시장에서 개발하여 활용하는 것은 쉬운 일이 아닐 터이니 제지에 경험이 많은 나를 만나 상의해 보라고 했던 것이다. 나는 주의 깊게 그들의 설명을 들었다. 그런데 내가 이미 판매한 미쓰비시의 대형 기계에는 그것이 투자 가치가 있을 것 같았다. 판매 대리점 계약을 맺고 그들의 초청으로 2주일간의 일정을 잡아 오하이오 시에 있는 그들의 회사를 방문했다. 그곳에서 판매를 위한 개략적인 훈련을 받고 난 후, 가까운 제지 공장을 방문하여 컴퓨터 자동 조절 장치의 활용법을 배웠다.

귀국한 후에 나는 컴퓨터 조절 장치의 카탈로그와 기술 자료 등을 준비하여 내가 기계를 판 열 서너 곳의 제지 공장을 돌아다니며 설명을 하였다. 그러나 적지 않은 금액이 드는 데다 투자 가치도 잘 이해가 되지 않는지 어느 공장이나 바로 설치할 용기를 내지 못했다.

나는 한 가지 방법을 생각해 냈다. 한 군데 제지 공장에 선전용으로 싼 값에 판매한 후 그것을 가동해 아직 사지 않은 공장 사람들을 견학시켜 주자고 했다. 설치 가동 후 1년이 지나자 효과가 나타났다. 무엇보다도 제지 기계의 운전이 편리하고 종이의 품질을 자동 조정할 수 있었다. 또한 공장 연료비도 절감되어 그 투자 가치가 입증되었다. 몇 달에 걸쳐 네댓 곳의 공장에 그 장치를 설치하고 있는데 갑자기 미국의 경쟁업체인 M제작업자가 뛰어들어 치열한 경쟁을 벌이기 시작했다. 그들도 세계적으로 이름난 곳이었지만 회사마다 상담을 한 후면 아큐레이 회사 측이 경쟁에서 이겨 미쓰비시 기계를 들여 놓은 공장에 전부 팔 수 있었다. 그리고 나니 이제 한국의 제지 산업은 수적으로나 질적으로 완전히 세계적인 수준에 이르게 되었다. 나로서도 보람 있는 일이었다.

그런데 이 장치를 팔 때에는 2년 분량의 전자 소모품만을 포함해서 팔았기에 가동 후 1년쯤 지나니 서서히 소모품의 견적 의뢰가 들어오기 시작했다. 그런데 적지 않은 문제가 생겼다. 특수 전자 제품들이라 값도 싸지 않은 편인데, 미국에서 가격 회신이 와서 받아보니 본체에 포함했을 때보다 꼭 다섯 배나 비싼 것이었다. 나는 깜짝 놀랐다. 그 가격 그대로 고객에게 제출할 수는 없었다. 고민 끝에 혹시 계산 착오가 아니냐고 미국에 문의했다. 그러자 곧바로 회신이 왔다. 모두 정확한 금액이고 특수 제품들이라 비쌀 수밖에 없다는 것이었다. 물론 이 소모품들도 자기들이 직접 만들지 않고 몇 군데의 다른 전문 업체들로부터 사다가 파는 것이었다.

어쨌든 나로서는 나의 고객들에게 비싼 값 그대로 견적서를 보낼 수가 없어 미국에 다시 문의했다. 이 가격대로 고객들에게 보내면 불만이 많을 것 같으니 좀 깎으면 어떻겠냐고 했더니 다음날 회신이 왔는데, 삼양무역은 우리의 대리점이냐, 아니면 고객의 회사냐 하는 내용의 아주 불쾌한 회신이었다.

　며칠 동안 나는 그 가격을 고객에게 보이지 못하고 고민만 했다. 그러는 중에 미국 측에서 한국의 다른 판매 대리점과 접촉을 하고 있다는 말이 들려왔다. 결국 우리가 아닌 다른 곳으로 바꾸려는 눈치였다. 어쩔 수 없는 일이었다. 나로서는 오래도록 인연을 맺어온 나의 고객들에게 그 값비싼 물건을 들고 갈 수는 없었다. 설령 다른 새 대리점을 정하여 파는 한이 있더라도.

　며칠 후에 미국 회사의 담당자한테서 국제전화가 왔다. 그동안 나와 개인적인 친분이 쌓였기에 개인적으로 전화를 한 것이다. 내용인즉, 자기 회사에서 한국의 대리점을 바꾸려고 하는데 어떻게 생각하느냐는 것이었다. 그때 나는 분명히 잘라 말했다. 값을 좀 깎아서 나에게 팔 생각이면 모르되, 대리점 교체 문제는 나와 상관없는 일이니 당신네들 마음대로 하라고 했다.

　그 다음날 전신이 왔다. 삼양무역의 한국 총판 대리점을 취소한다는 내용이었다. 아큐레이의 행위는 상도의를 벗어나, 자기들이 아니면 그 소모품을 공급받을 수 없다는 약점을 노린 하나의 횡포였다. 거기에 편승해 나의 고객들에게 비싼 물건을 사게 할 수는 없었다. 결국 소모품을 팔지 못해 회사의 수입은 줄었지만 마음만은 평화로웠다.

청정의 땅

1990년 이른 가을철이었다. 파키스탄 상사의 M씨가 서울에 와 나를 만나자고 연락해 왔다. 그는 미국에서 매년 발간되는 ≪펄프, 제지기술협회지(TAPPI)≫를 통해 회원인 나의 이름과 주소를 알아내었던 것이다. 이슬람인을 만나는 것은 처음이었다.

그가 나를 만나자고 한 목적은 한국의 제지 기계를 자기 나라로 수입하고 싶다는 것이었다. 그러니 나더러 시설 명세서와 견적서를 작성하여 파키스탄에 방문해 달라고 했다. 그 당시 우리나라 기술로는 대형 제지 기계는 제작할 수 없었다. 하지만 일산(日産) 50여 톤 미만의 기계는 제작할 수 있었다. 나는 창원에 있는 태광 기계공업사의 백종기 사장에게 기계의 견적서를 부탁하였다.

그로부터 한 달 후 수출을 위한 일체의 서류를 가지고 '청정의 땅'이라는 뜻의 파키스탄에 처음으로 발을 디뎠다. 당시 지구상에서 13억에 가까운 거대 인구를 신자로 하고 있지만 왠지 좀 먼 거리에 있는 듯한 느낌의 종교를 믿는 나라, 그곳에 처음 가보는 나의 마음은 설렘과 흥미로 가득했다. 입국한 곳은 그 나라 최대의 도시이며 인더스강의 끝자락에 있는 카라치 공항이었다. 입국 수속을 하는데 선물용으로 가져간 한 병의 위스키는 통관이 안 되었다. 귀국할 때 찾아가라는 보관증을 받았다. 금주의 나라임을 실감하는 순간이었다.

공항에는 상사의 M씨가 나와 있었다. 호텔에 들어가 짐을 풀고 나와 그의 안내로 식당에 갔다. 오랜 시간 비행기에서 시달렸기에 갈증도 풀 겸 식사를 하며 맥주라도 한 잔 하고 싶었으나 역시 금주를 법으로 지키는 나라라 팔지 않았다. 단지 외국인에 한해서는 호텔 방 안에서만 마실 수 있다는 것이었다. 호텔에 돌아가 여권을 제시하고 방에서만 마신다는 각서에 서명을 하니 종업원이 맥주 한 병을 가져왔다. 한 잔을 죽 들이켜니 긴장과 갈증이 동시에 풀리는 듯했다.

하루는 카라치에 한국 식당이 한 곳 있다는 것을 알고 찾아갔다. 서울에서 와 개업한 지 7년째라 했다. 저녁을 먹으면서 소주 한 잔 할 수 있느냐고 조용히 물으니, "알았습니다. 조심하셔야 합니다." 하더니 큰 물주전자를 가지고 와 컵에 물을 따르는 척하며 따라 주었다. 마침 근처에 다른 손님은 없었다. 만일 발각이 되면 영업 정지를 당한다는 것이었다. 식사 후 병에 남은 것을 가져가고 싶다고 했더니 신문지에 다른 물건처럼 둘둘 말아주었다. 그것을 조심스레 가지고 오면서 내가 위법 행위를 하고 있구나 하는 생각이 들었다. 그러나 느끼는 바도 적지 않았다. 술이란 일시적으로 기분을 돌우어 주는 장점도 있지만 그 술로 인해 파생되는 인간 생활의 병폐가 이루 말할 수 없이 많은데, 그러한 생활의 독소를 믿음과 법으로 막고 있다니, 그걸 지키고 따르는 그들에게 존경심이 우러나기도 했다.

길거리를 오가는 동안 유심히 바라본 이슬람의 나라는 무척 이색적이었다. 호텔이나 백화점, 식당 등 어디를 가나 여자는 눈에 뜨이지 않았다. 금주뿐 아니라 금녀의 나라인 듯도 하여 마치 딴 세상에 와 있는 느낌이었다. 길거리의 버스는 형형색색의 그림이나 쿠란의 구절을 그림처럼 그려 넣어 이슬람의 예술성을 표현했다. 게다가 차를 타고 다닌다기보다 차에 승객들이 벌떼처럼 매달린 채 달리는 것처럼 보이는 도로 풍경은 눈길을 끌었다.

다음날 상사의 사무실에 안내되어 실수요자와 같이 자리에 앉았다. 개략적인 기술 설명을 끝내고 국제 은행에 수입 자금 차관을 위한 자료 신청을 위하여 가격을 흥정했다. 하지만 경쟁자도 없는 데에다 2년 전에 이미 다른 상사가 태광 기계를 파키스탄 내의 또 다른 제지 공장에 판 가격이 이미 공개되어 그 값을 모두가 알고 있었기에 일은 생각보다 쉽게 끝났다. 가격표를 정리하여 서로 계약서에 서명하기 직전이었다. 같이 흥정을 끝낸 기업주가 자기의 커미션(구전)은 얼마나 주려 하느냐고 나에게 조용히 물었다. 우스운 일이었다. 자기네가 살 물건을 자기가 흥정해 놓고, 거기에 자신의 소개비를 따로 달라는 것이었다. 적당히 일을 마무리 지었지만 나중에 알고 보니 그 세계에서는 더러 있는 일이라고 했다. 참으로 후진적인 모습이 아닐 수 없었다.

공장 부지는 기업주의 고향인 북쪽 라호르 근처의 농촌에 있었다. 그들이 나에게 공장 부지의 적격성을 검토해 달라고 하기에 카라치에서 두 시간 정도 거리를 국내선 비행기를 타고 날아갔다. 국내선 비행기의 승무원 역시 모두 남자들이었다. 라호르에서 다시 차로 반시간 정도의 거리를 달리자 농촌마을이 나타났다. 우리가 승용차에서 내리자 열댓 명의 아이와 어른들이 구경거리나 나타난 듯 모여들었다. 가난에 시달려 허기져 쓰러질 듯 야윈 모습이 안쓰럽기 짝이 없었다. 하지만 아이들의 눈망울만은 모두가 초롱초롱했다.

내일 먹을 것이 없다 해도 찾아온 이웃과 지나가는 길손에게 먹을 것을 나누어 주는 것이 전통적인 관습이라는 그들. 그런데 그토록 순진무구한 그들이 같은 성서(聖書)의 형제들인 기독교와 서로 자신들의 교리를 앞세우며 마찰을 빚어 오늘날 이 지구상에 더러 혼란을 가져오니, 그 원인은 무엇이고 어느 쪽에 책임이 있는 것일까. 그리고 그 해결점은 어디에서 찾아야 할까. 일을 마친 후 착잡한 생각에 빠져 공항으로 가는 차에 올랐다.

국내선 비행기 위에서 보는 대륙의 풍경은 너무도 아름다웠다. 산과 평야가 어우러진 사이로 카라코람 산맥에서 발원하여 라호르를 둘러 안고 카라치항으로 내려와 아라비아해로 빠지는 인더스강의 웅자는 장관이었다. 나라 이름 그대로 '청정의 땅'이었다. 이 강은 인간의 숨결이 닿지 않는 히말라야의 만년설이 녹아 흐르는 8천 리 길의 기나긴 젖줄이고, 이 강줄기는 인류 최초의 문명을 발아시킨 터전인 것이다. 기원전 3천 년이나 되던 때에 이 땅에서 문명을 일으킨 사람들, 그리고 지금 이 땅에서 살고 있는 사람들…. 오랜 시간이 지나는 동안 풍토도 바뀌고 사람도 바뀐 이 곳 청정의 땅을 내려다보며 나는 인류 역사의 순환을 생각해 보았다.

파키스탄에서 일을 끝내고 그들의 요청으로 필리핀 마닐라에 있는 ADB(아시아개발은행) 본부에 같이 갔다. 융자를 받기 위해 공장 건설의 사업성을 검토하는 자리에 배석하여 사업의 기술적인 문제에 대해 설명을 했다. 나로서는 그들이 원하는 융자를 받아 사업을 일으킬 수 있도록 열심히 도운 셈이었다. 그러나 귀국 후 한 달쯤 있으니 파키스탄의 상사로부터 ADB의 융자가 당분간 보류됐다는 연락이 왔다. 융자를 위한 담보물이 부족하다는 것이 이유였다. 안타깝지만 나로서는 더 이상 어떻게 해볼 수 없는 일이었다. 아쉬웠다. 그동안 세 번씩이나 가서 체류하면서 적지 않은 비용을 소모했지만, 이슬람의 나라에 한 발자국 더 가깝게 가게 된 것이 나에게 소중한 자산이었다고 위로하는 수밖에.

걷혀진 죽의 장막

2차 세계대전이 끝나자 세계는 두 갈래로 갈라져 새로운 냉전 시대로 빠져들고, 공산 진영이 된 중국 대륙은 죽의 장막으로 가려져 버렸다.

인접해 있는 중국 대륙에 대한 궁금증은 나의 성장과 함께 커졌지만, 알고 있는 지식이란 펄벅의 소설 ≪대지≫와 ≪북경에서 온 편지≫를 통해 얻은 정도가 전부였다. 한때 우리의 땅이었던 요동 벌을 밟아 보고 싶은 충동은 어린 시절, 역사 공부를 시작하면서부터 내 가슴속에 잠자고 있었다.

그런데 1992년 가을, 그 장막이 활짝 걷혔다. 중국이 자유주의 시장경제를 받아들이면서 문호를 개방하자 우리와도 자유롭게 왕래가 시작된 것이다. 장사 속에 발 빠른 그들인지라 우리와 가까운 요령성의 수십 명 상인들이 장사 보따리를 한 짐씩 메고 와

강남의 무역회관에 풀어 놓았다. 나는 제지 원료인 활석을 골라 들고 눈여겨보았다. 마음 같아서는 다음날이라도 요동 벌로 뛰어 가보고 싶었지만 여러 가지 준비할 일도 있는 데다 곧 추운 겨울이 닥쳐오는 계절이라 봄철에 우리 쪽에서 중국을 방문하는 것으로 약속을 했다.

다음해가 되었다. 대지에 새싹이 돋아 오르는 봄날, 드디어 나는 심양에 도착했다. 지금이야 인천에서 직항로로 한 시간 반 정도 걸리는 거리이지만 그때는 비행기로 천진까지 가서 거기에서 두 시간 동안 택시로 달려 북경에 도착한 후에 다시 북경 공항에서 이륙하는 오후 비행기로 갈아타고 저녁노을이 깔릴 무렵에야 심양 공항에 도착할 수 있었다. 그렇게도 가보고 싶었던 대륙, 이곳이 정녕코 요동 벌의 한복판이었으리라 생각하니 가슴이 설레었다.

입국 수속을 하면서 공항에 근무하는 사람들을 둘러보았다. 남녀 직원들은 모두가 인민군복 차림이었고 출입국 수속을 하는 곳에는 앞뒤로 서너 명씩 군복 차림의 사람들이 도열해 있었다. 문호는 개방했으나 평화로워 보이지 않고 긴장감이 감돌았다. 입국을 하는 사람이 몇 명 되지도 않고, 과히 크지도 않은 비행장인데 입국 수속에 3, 40분 정도가 걸렸다. 공항 곳곳에서 아직도 후진국의 냄새가 풍겼다. 수속을 마치고 밖으로 나가니 서울에서 만났던 K상사의 총경리(사장)가 통역을 데리고 마중 나와 있었다.

승용차로 40여 분간을 달려 호텔에 도착했다. 심양 중심가에 있는 고급 호텔이었다. 그런데 이상한 일은 호텔 프런트에서 투숙 절차를 밟지 않고 방으로 직접 안내하는 것이었다. 통역하는 사람의 말이, 호텔 수속은 사장 이름으로 해 놓았으니 호텔비는 미화(美貨)로 환산해서 사장에게 직접 주면 된다는 것이 아닌가. 알고 보니 그때만 해도 중국의 암달러 시장에서 금값일 만큼 미국의 달러화가 귀한 대접을 받던 때라, 사장이 그 차익을 남기기 위해 그러는 것이었다.

다음날, 상담은 뒤로 미루고 그들의 안내로 심양 시내 관광에 나섰다. 기대도 컸지만 처음 보는 거리와 풍물이 흥미로웠다. 그러나 몇 시간 다니다 보니 흥미롭기보다는 짜증이 일었다. 시내 중심가라 해도 길은 온통 먼지투성이고 차와 사람과 자전거가 뒤죽박죽이 되어 교통질서는커녕 소란스럽기 짝이 없었다. 지나가는 행인더러 먼저 비키라는 자동차들의 경적소리가 쉴 새 없이 귀에 울렸다. 이 무질서한 거리에 비하면 우리의 서울은 얼마나 질서 정연한가. 고도(古都)의 느낌도 남아 있지 않은 너무나도 후진된 상태의 도시는 실망스럽기만 했다.

더 이상 시내는 돌아다니고 싶지 않아 고궁(古宮)으로 향했다. 청태조 누르하치와 그의 여덟 번째 아들 황타이지가 청나라 초기 한동안을 통치한 궁이었고, 우리로서는 뼈아픈 역사의 흔적이 남아 있는 곳이다. 궁 안에 들어서자 문득 병자호란 때 삼전도에서 인조가 황타이지 앞에 무릎을 꿇은 수모가 머리에 떠올랐다. 궁 안 구석방에 이르자 당시 소현세자, 봉림대군과 함께 끌려와 끝내 고향으로 돌아가지 못하고 유명을 달리했을 숱한 원혼들이 아직도 잠들지 못하고 떠돌고 있는 듯했다. 그 땅에서 내가 새로운 사업을 도모하고 있다는 데에 생각이 미치자 나도 모르게 마음이 착잡해지며 새삼스레 각오를 다지게 되었다.

다음날 K상사의 사람들과 만나 구체적인 상담에 들어갔다. 그들은 여러 가지 품목을 나에게 권하면서 판매 합의서에 서명할 것을 자꾸 종용했다. 그러나 나는 서명만 하고 팔지 못하면 신용 문제가 될 것이기에 한국 시장에 가져다 팔 자신이 있는 제지용 활석 한 가지만 서명을 했다. 그것은 다른 한편으로, 이들이 지속적으로 함께 장사할 상대가 되는지를 나로서도 검토해 볼 필요가 있기 때문이었다. 그 외에 판매 가능성이 있을 듯한 다른 품목들은 귀국해서 면밀히 검토해 보기로 했다. 그런데 조선족인 통역의 말에 의하면 그동안 벌써 두서너 회사의 사람이 다녀갔는데, 여러 가지 품목의 합의서에 서명을 하고 며칠간 실컷 얻어먹기만 하고는 귀국한 후에 몇 달이 되어도 아무런 소식이 없었다는 것이 아닌가. 같은 한국인으로서 낯이 뜨거워지는 이야기였다.

그러는 동안 일주일이 지나갔다. 그동안 나도 저녁마다 그들에게서 대접을 받았다. 그들의 저녁 식사 대접은 너무나도 푸짐했다. 나는 돌아오기 전에 그동안 대접받은 것을 모두 갚고 싶었다.

떠나기 전날 저녁, 관련 부서 직원 열대여섯 명 전부를 식사 자리에 초대했다. 모두들 뜻하지 않은 초대에 기쁘고 고맙다는 뜻을 표했다. 모두들 거나하게 먹고 마신 후 실내에 마련되어 있는 음향 시설로 노래판까지 벌였다. 유쾌하고 푸짐한 자리였다. 내가 일주일 동안 대접받은 것에 더해 내 앞의 두서너 사람이 얻어먹고 간 몫까지 거의 갚은 셈이었다. 나는 마음이 떳떳해졌다. 그들의 조상이 우리들에게 행한 몹쓸 짓조차 후손인 내가 좀 더 큰마음으로 갚을 수 있다는 생각마저 드는 것이었다.

죽의 장막으로 가려졌던 중국 땅에서 나의 새 사업은 그렇게 막을 올렸다.

중국 문화 속으로

　일주일 동안의 짧은 여행이었지만 나름대로 적지 않은 사업상의 상식을 얻었다. 대륙에는 수많은 교역(交易) 거리가 잠재해 있다는 것을 알게 되었다. 그리고 그 사업을 효율적으로 이루기 위해서는 그들의 생활 문화 속으로 깊숙이 들어가야 한다는 것을 절감했다.

　그러기 위해서는 세 가지를 할 줄 알아야겠다고 마음먹었다. 중국말을 해야 하고, 중국 노래를 부를 줄 알아야 하며, 샹차이(香菜)를 먹을 줄 알아야겠다는 것이었다. 그것은 나를 찾아 온 외국 상인이 우리말과 노래, 거기에 김치를 즐겨 먹는다면 더 쉽게 가까워지게 되는 것과 마찬가지가 아닐까. 서로간의 친근감이란 사업상 중요한 요소가 되는 것이다.

　샹차이는 중국인의 전통적인 식용 야채로서 독특한 냄새가 나 우리로서는 먹기가 고역스럽다. 그러나 나는 그 냄새를 참고 식사 때마다 먹어 습관화시켰다. 그들은 내가 샹차이를 잘 먹는 데 대해 호감을 표시하기도 했다. 하지만 중국말과 노래를 배우는 것은 쉬운 일이 아니었다. 젊을 때라면 여남은 번만 읽어도 외울 수 있었지만 60이 넘은 나이로는 몇 십 번을 읽어야 겨우 외울 수 있으니 많은 세월이 필요했다. 나는 용기를 내어 종로 2가에 있던 시사통신 학원 중국어 회화반에 등록을 했다. 기초부터 배우기 시작했다. 같은 반 학원생 수는 열두서너 명인데 거의 스무 살 전후의 학생들이었으니 모두 손자뻘이었다. 하지만 나는 하루도 빠지지 않고 그들과 함께 열심히 공부했다. 나중에는 그들과 나이 구별 없이 친구처럼 되었다. 아침 열 시에 수업이 시작되어 열두 시에 끝나면 점심시간이었다. 가끔 자장면 정도의 점심 식사비도 부담했으니 그들과 더욱 친해졌다. 나는 거의 반장 노릇을 도맡아 하다시피하며 그들 속에 섞여 지냈다.

꼬박 2년간을 다니고 나니 겨우 초보적인 말을 할 수 있었다. 그 후 3년간은 쉬지 않고 독학을 했다. 출퇴근 때나 외국 여행 때도 늘 회화 카세트를 와이셔츠 주머니에 넣고 귀에는 이어폰을 꽂고 다녔으며 중국에 가서는 그들과 서툰 대화로 실습을 하였다. 그렇게 5년 정도 흐르고 보니, 고장나버린 카세트 수가 네댓 개쯤 되었고, 그 두터운 중한사전(中韓辭典)은 손때에 절고 너덜너덜해져 보기가 힘들 정도였다.

그러고 나니 겨우 상담에 관한 기본적인 대화가 가능해졌다. 아쉬운 대로 국제전화도 하고, 사업에 관한 팩스 전문은 직접 중국어로 주고받았다. 그 후 지금까지 특별한 일이 아닌 중국 여행은 통역 없이 혼자 다니고 있다.

중국인의 생활 문화는 먹고 마시고 노래하는 것이 대표적이다. 아마도 이 지구상에서 제일 많이 먹는 사람은 중국인일 것이다. 식당에서 손님 접대를 하거나 야식을 하는 경우를 보면 온갖 요리가 그릇그릇마다 산더미처럼 수북이 쌓인다. 그리고 웬만한 식당 방에는 노래를 부르기 위한 음향 장치가 설치되어 있어 먹고 마시는 중에 돌아가면서 노래를 부른다.

내가 중국을 방문하던 초기에는 중국 노래를 부를 줄 몰라 우두커니 앉아 구경만 할 수밖에 없었다. 그러자니 쑥스럽기도 하거니와 분위기에 어우러지지도 못해 자리가 어색했다. 더욱이 내가 손님으로 간 것도 아니고 장사하러 간 것이 아닌가. 그러니 그 분위기에 어울려야 사업도 더욱 효과적으로 풀려 나가리라 생각하고 노래를 배우기 시작했다. 중국 노래 테이프를 사서 한 곡을 수십 번씩 부르고 외운 것이 대여섯 곡 정도는 부를 수 있게 되었다. 나중에는 그들과의 식사 자리에서도 자연스럽게 어울릴 수 있었다.

중국말과 노래, 그리고 중국 음식. 이 세 가지와 친해지는 과정은 내가 중국에서의 사업을 확장시켜 가는 과정이었다. 나는 이 세 가지를 통해 사업하는 데 많은 힘을 얻었다. 그러나 어찌 그것이 사업에만 국한되었으랴. 시작은 사업을 위해서였지만 나는 그것들을 매개체로 하여 중국의 문화를 배웠고, 그 문화 속에서 수많은 사람과 교류하는 가운데 인생의 지혜를 배워 나갔던 것이다.

6부

첫사랑을 만나다

신흥 소상인들의 행태

　　오랫동안 사회주의 통제 하에 묶여 있다가 개방이 되고, 다른 나라에서 무역을 하고자 하는 사람들이 드나들기 시작하자 중국에서도 소상인들이 우후죽순처럼 일어났다. 그러나 그들 대부분은 상도의(商道義)와 신용 문제에 있어 낙제점이었다.

　　나는 중국의 개방 초기에 사업을 확대시켜 볼까 하고 한 달에 한두 번씩 중국에 갔다. 몇 가지 거래를 하는 동안 문제가 되었던 것은 그들이 국제 무역에 관한 상식이 부족한 것과 거기에 더해 개인적인 신용이 없는 것이었고, 그보다 더한 것은 상대방을 속이는 일이었다. 그런 일을 겪으면서도 나는 그들과 조심해 가면서 거래를 계속했다.

　　중국과의 초기 몇 년간의 주거래 품목은 제지용 활석과 종이의 원료인 펄프 제조용 목편(木片)이었다. 이와 관련된 공장들은 심양 남쪽의 소도시 해성(海城)에 있었다. 활석은 백상지의 투명성을 없애기 위해서 종이에 첨가하는 필수 광산물이다. 처음 중국에 갔을 때 받아온 활석 견본을 제지 공장에 제출하니 품질이 양호하다고 했다. 그 후 시험 생산용으로 5백 톤을 수입했는데 공장에서 사용해 보니 견본의 품질과는 너무도 다른 불량품이었다. 그 후 제지 공장의 양해를 구해 다시 40대 초반인 K씨 공장의 것을 소량 납품했는데 그것은 품질이 양호하였다. 한동안은 한 달에 2, 3천 톤씩 팔았다. 그런데 그것도 얼마 후에는 품질이 일정치 않아 애를 먹었다. 품질이 불균일한 것은 그들의 기술력이 부족해서가 아니라 생산 원가를 줄이기 위해서 일부러 값이 싼 낮은 품질의 광석을 혼합했기 때문이었다.

K씨는 우리뿐 아니라 다른 상사들을 통하여 한국 시장과 일본에 수출, 젊은 나이로서는 적지 않은 재산을 모았다. 그는 돈이 좀 벌리자 곧바로 화려한 새 집을 짓고 사무실도 신축했다. 내가 보기에는 무척 성급해 보였다. 거기에 얼마 후 아파트용 불연재 천정판(天井板) 공장을 인수하여 운영하다 1년도 못 되어 실패하고 말았다. 그러자 그동안 잘 꾸려 가던 활석 광산마저 모두 채권자에게 넘어갔다. 그의 판단이 신중하지 못해 벌어진 안타까운 일이었다.

그 무렵 나는 국내의 펄프 공장에 목편도 계속 납품하고 있었다. 목편 공장의 사장 C씨는 활석 공장의 사장 K씨와 한 고향의 친구 사이였고 나이도 비슷했는데 서로가 사업상의 경쟁을 하고 있는 듯했다. 목편 공장은 해성에도 있지만 선적의 편의상 발어권(拔魚圈)에도 있었다. 발어권은 겨울에도 얼지 않는 새로 건설한 항구다.

목편은 한 번에 2만 톤가량 선적하기 때문에 적지 않은 자금이 소요되었다. 그러나 C씨는 자금이 없어 처음부터 내가 서울에서 신용장을 보내 주면 그 신용장을 담보로 은행에서 대출을 받아 운영했다. 그렇게 해서 10여 년간을 끌어갔다. 그러니 그동안의 애로는 보통이 아니었다. 제일 문제는 품질이었다. 납품할 때마다 품질 검사는 엄격했다. 불량이 심하면 선적을 중단시키기도 하고 규정대로 감가를 했다. 계약서상으로는 새 참나무가 70퍼센트 이상이어야 하는데 때로는 과수원에서 고목이 되어 버린 사과나무와 헌집의 서까래 등을 잘라서 섞어 넣어 선적해오는 것이었다. 그러니 수요자로서는 불만이 많았지만 그래도 다른 곳에 비해 값이 좀 싸다는 이유로 어쩔 수 없이 감가를 하여 인수했다.

그동안 C씨도 적지 않은 재산을 모은 것 같았다. 대련에다 새 집을 사 부인은 거기에 두고 공장 근처에는 딴 집을 사 새 부인을 얻어 살고 있었다. 그는 가끔 가난하게 살던 모택동 시대를 불만스럽게 실토하며 개방 정책을 쓴 등소평을 칭찬했다. 나는 그의 생활 철학이 더러 위험해 보여 가끔 함께 술잔을 기울일 때는 참고삼아 도움이 될 만한 이야기도 해주었다. 그러나 마이동풍이었다. 어렵게 살다 갑자기 돈이 생기니 절제를 모르고 낭비만 했다.

얼마 후에 C가 복장 공장에 투자한다는 소리가 들렸다. 나는 목편 공장이나 충실히 하라고 말렸으나 그는 듣지 않고 일을 저질렀다. 결국 신설 공장의 경영난으로 은행으로부터 압류가 들어와, 잘 나가던 목편 공장마저도 중단하게 되었다. 그것이 그 당시 갑작스러운 개방이 낳은, 절제를 모르는 신흥 소상인들의 행태였다. 그들의 사업을 옆에서 바라볼 수 있던 나로서는 아무리 말려도 듣지 않고 수렁으로 걸어 들어가는 그들을 지켜보는 것이 참으로 안타까운 일이었다.

나는 그들과 거래하는 동안 세 군데의 회사로부터 모두 1억 원 이상의 판매 구전을 받지 못하고 떼였다. 계약서가 있기에 소송을 하면 받을 수 있을지도 모르지만, 중국 땅에서 그들을 상대해 송사를 벌이느니 차라리 "잃느니 죽는다."는 심정으로 포기하고 말았다.

동족의 얼

    늦은 가을날, 옥수수 익어가는 광활한 요동 벌 언저리에서 중국의 조선족 소학교 운동회가 열리고 있었다. 심양에서 택시를 타고 달려가 요동 벌의 드넓은 옥수수 밭을 두어 시간 남짓 헤집고 다니며 물어물어 찾아간 학교에서는 운동회가 한창이었다.

    넓은 옥수수 밭 가운데 마치 곡물 저장 창고와 같은 허름한 붉은 벽돌집, 거기에 내부만 개조하여 교사로 쓰고 있었다. 이런 척박한 곳에서도 우리 민족의 얼이 뿌리 내려 숨 쉬고 있는가 생각하니 어쩐지 마음이 숙연해졌다. 학생 수는 모두 40명, 교사는 교장을 포함해 여섯 명이다. 이 학교는 그 동리의 김 씨라는 조선족 독지가가 사재를 털어 설립하고, 50대쯤 되는 그의 며느리가 교장으로 재임하고 있었다. 이곳의 조선족 대부분은 평안도 출신이라 한다.

운동회의 분위기는 내 고향 초등학교 시절과 똑같아서 마치 그 시절로 돌아간 듯한 느낌이었다. 천여 평의 운동장 가에 2백여 명의 마을 사람들이 앉거나 서서 구경을 하고 있었다. 운동장 한쪽에 내가 보낸 지원금으로 만들었다는 그네가 있는데, 10여 미터 높이의 굵은 통나무로 마치 철봉대처럼 만들었다. 나는 손님이라 해서 본부석에 자리를 마련해 주었다.

　교장 선생은 학생들에게 나를 소개하고 난 후 마이크를 주며 축사를 부탁했다. 오랜 세월 동안 죽의 장막으로 가려졌던 이국(異國) 땅에서 동족을 앞에 두고 축사를 하게 된 나는 마이크를 잡는 순간 감격스러운 마음이 들어 말이 나오질 않았다. 학생들과 마을사람들이 말없이 나를 응시하고 있으니 한편 설레기도 하는 마음을 진정하고 말문을 열었다.

　먼저 둘러서 있는 마을사람들에게 아이들을 가르치느라 수고하신다고 인사를 하고, 학생들에게는 중국 땅에서 열심히 공부해 훌륭하게 성장하여 조상의 나라를 잊지 말라는 취지의 축사를 했다. 그리고 서울 남대문 시장에서 선물로 사간 5백 권의 고급 백상지 노트를 그들에게 나누어 주었다. 그런데 그것을 나누고 주면서도 어쩐지 마음이 편치 않았다. 그 당시 중국의 제지 수준은 우리보다 20여 년은 뒤떨어져 있어 모든 종이의 질이 나빴다. 학생들의 노트는 지우개로 지우면 종이가 찢어질 정도의 하질이었는데, 그렇게 검소한 생활을 하는 학생들에게 지나치게 좋은 품질의 공책이 오히려 악영향을 미치는 건 아닌가 걱정이 되었던 것이다. 그러나 조상의 나라, 그 문화적인 수준을 알리는 것이라 생각해 스스로 위안을 삼았다.

내가 이 학교와 인연을 맺게 된 것은 중국의 복장 가공공장과 거래를 할 때, 공장 측에서 통역으로 데려온 외두산 소학교의 여교사로부터 학교 사정을 들은 후였다. 그 학교는 지방 정부로부터 매년 6천 위안(한화 90만 원 정도)을 받는데 4천 위안을 월동비로 쓰고 나머지 2천 위안으로 1년 동안 학교를 운영하는데, 비용이 턱없이 부족하여 많은 고생을 한다는 것이었다. 그 말을 듣자 나는 동족이 설립하고 그 자녀들이 다니는 학교에 대한 애틋함이 저절로 우러났다. 그래서 나는 그 학교에 정부의 보조금보다 많은 액수를 3년 동안 보조해 주었다. 학교 측에서는 감사의 뜻으로 나에게 명예 교장 증서를 주었다. 그 후 학교에서는 몇 차례 방문을 요청했다. 그러나 나는 많지도 않은 액수에 생색을 내는가 싶어 한 번도 방문하지 않았다. 그러던 어느 날 한 학생으로부터 다음과 같은 편지를 받았다.

교장선생님 할아버지께

우리는 그동안 교장선생님 할아버지의 덕분에 학교에 전화를 새로 달고, 교내 확성기도 설치했으며, 허름한 교사에 페인트칠을 하고, 운동장 가에는 높은 그네를 만들어 마을 사람들과 같이 즐기고 있습니다. 어린

송아지가 어미를 그리워하듯 우리 모두가 교장선생님 할아버지를 기다
리고 있으니 이번 운동회에는 꼭 참석해 주시기 바랍니다.(이후 생략)

중국 요령성 본계시 외두산 소학교 박연화 올림

　이 편지를 받고는 움직이지 않을 수가 없었다. 그래서 찾아간
운동회였다. 점심은 내가 좋아할 듯한 음식으로 정성껏 준비했
다. 함께 밥을 먹으며 학생들에게 도움이 될 것이 무엇일까, 궁리
끝에 컴퓨터실을 만들어 주기로 했다. 모두가 박수를 치며 좋아
했다. 1995년경이라 우리나라도 거의 초창기였고, 중국의 시골
에서는 컴퓨터라는 이름조차 아는 사람이 드물 때였다. 나는 40
명의 학생들에게 여섯 대면 충분할 것 같아 최신식 삼성(三星) 제
품으로 테이블까지 설치한 컴퓨터실을 마련해 주었다.

　그로부터 두어 달 후, 나는 본계시의 시골학교에만 컴퓨터실을
설치해 주고 읍내에 있는 조선족 중·고등학교에는 안 해줄 수
없어, 학생 수가 2백 명 정도인 이 학교에 외두산 소학교와 똑같
은 삼성 컴퓨터 스무 대를 설치해 주었다. 그리고 난 후 이 학교로
부터도 역시 명예 교장증을 받았다. 나는 이 두 학교로부터 받은
두 장의 증서가 내게 명예라기보다는 보람 있는 일을 한 증표라고
생각해 소중히 간직하고 있다. 그때 나는 한 장의 증서가 아니라,
평생 잊을 수 없는 동족의 얼을 전달받은 것이라고 지금껏 생각해
오고 있다.

혹한의 땅에서 만난 민족혼

　가목사(佳木斯)는 중국의 흑룡강성 동북쪽에 있는 도시이다. 시베리아와 근거리에 있어 겨울이면 낮에도 영하 35도 가까이 내려가는 혹한의 땅인데, 이곳에는 오래 전부터 2천여 명의 조선족들이 살고 있다. 내가 그곳에 다니면서 느낀 것은 그 땅에도 우리 조상의 뿌리가 살아 움직이고 있다는 것이다.

　가목사에는 중국에서 가장 큰 규모의 포장용지 생산 공장이 있다. 헌 골판지 상자를 미국 등지에서 대량으로 수입해 와 재생 처리하여 포장용지의 원료로 쓰고 있는데, 나는 이곳에 우리나라의 고지(古紙) 처리 설비를 팔기 위해 여섯 번이나 갔었다.

　겨울철에 갔을 때는 너무 추워 신고 간 신발로는 견딜 수 없었다. 그래서 솜을 넣고 누빈 푸른색 천에 밑바닥을 두텁게 만든 특수한 신을 사서 신고 다녔다. 내복은 두툼한 것을 입고 갔지만 그래도 장딴지가 너무 시려 호텔 화장실에 있는 무명 타월을 한 장씩 양쪽에 감고 그 위에 내복을 입고 다녔다.

그곳을 한 번 가려면, 거리상으로도 멀지만 교통도 불편하여 거의 이틀씩 걸렸다. 하루 만에 갈 수 있는 방법은 북경에 가서 일주일에 한 번 있는 가목사행 항공기를 이용하는 것이었다. 한 번은 그렇게 가 보았는데 소형의 쌍발 프로펠러 항공기라 소음이 심하고 자주 흔들려 무척 불안했다. 나는 거의 육로를 택했는데, 먼저 서울에서 항공편으로 심양에 가서 그곳에서 기차로 하얼빈에 도착하여 하룻밤을 지내고, 다음날 고속버스로 여섯 시간을 달려 그곳에 도착했다. 하얼빈에서 묵을 때면 나는 언제나 안중근 의사의 애국심을 기리는 마음을 가졌다.

포장용지 생산 공장의 종업원은 3천 명이나 되어 그 도시 생활 경제의 주축을 이루고 있다시피 했다. 그러나 시설이 너무 낡아 생산성은 점점 떨어지고 수입 원료 값은 치솟기 시작하니 적자가 누적되었다. 적자의 첫째 원인은 인건비였다. 우리나라 같으면 3백여 명이면 충분히 운영할 수 있지만 사회주의 국가의 국영기업체로서는 모두 같이 먹여 살려야 하는 의무 때문에 마음대로 종업원 수를 줄일 수도 없었다. 더욱이 그 당시 중국 정부는 전자와 교통 등 시급한 기간산업에 우선적으로 투자했기 때문에 제지 산업 등에는 미처 손을 대지도 못하고 있었다.

그 공장에는 조선족도 근무하고 있었다. 더러는 나를 찾아와 반갑게 인사를 했는데, 그들 중 대부분은 함경도가 고향이라 했다. 하루는 공장 간부 10여 명을 내가 저녁 식사에 초대했다. 모두가 중국인이었다. 어쩌다 서로의 성씨(性氏) 이야기가 나왔다. 그때, 내가 "우리의 성씨들도 대부분 중국에서…"라고 하자 옆에 앉아 있던 조선족 통역이 나의 옆구리를 쿡 찔렀다. 무슨 뜻인지 얼른 눈치를 챈 나는 더 이상 그 말은 계속하지 않고 우물우물 넘겨 버렸다. 통역은 50대 후반의 나이로 그 공장에서 퇴임한 사람이었다. 나중에 그가 나에게 조용히 하는 말이, 그렇지 않아도 이 사람들이 우리에게 우쭐대고 있는데 우리나라의 여러 성씨들이 중국에서 건너왔다고 하면 저희가 우리들 조상의 나라인 줄 알고 더욱 콧대를 세운다는 것이었다. 나는 감탄스러운 생각이 들었다. 오랜 세월이 흐르도록 중국에서 살고 있지만, 그들은 한민족(韓民族)으로서의 자존심을 뼛속 깊이 간직하고 있었던 것이다.

시내에는 백여 평 크기의 댄스홀이 있었다. 나는 조선족의 안내로 그곳에 두어 번 가서 그들과 같이 술을 마셨다. 댄스홀은 우리나라의 카바레와 같은 규모인데, 그 안의 정경은 우리나라와 완전히 달랐다. 손님들 대부분이 조선족으로, 같이 오는 사람들은 부부간이거나 어린 나이의 아이들을 데리고 와서 가족끼리 춤을 추기도 했다. 그 건전한 춤 문화가 내게는 감동적이었다. 그들 생활의 따뜻한 모습이었다.

한번은 초대를 받아 한 조선족의 집에 가 보았다. 거실에 들어서자 언뜻 눈에 띄는 것이 인상적이었는데, 치마저고리를 입은 여인들의 인형이 진열되어 있었고, 벽에는 금강산 전경의 액자가 걸려 있었다. 더욱 감탄한 것은 그가 노래를 무척 좋아했는데 수백 장의 SP와 LP판, 카세트테이프가 모두 우리의 흘러간 노래들이었다. 그는 몇 곡을 나에게 들려주었다. 마치 서울집의 안방에 있는 것 같은 느낌이었다. 귀국 후 그로부터 부탁받은 우리의 흘러간 옛 노래 몇 곡이 들어 있는 판과 테이프를 사서 우송해 주었다.

　설비를 팔기 위해 여러 차례 다녔지만 결국 그 공장은 자금 부족으로 계획을 포기하고 말았다. 머나먼 이국땅을 다니며 장사는 못했지만 나는 그보다 더 소중한 한민족의 정신, 우리 조상의 뿌리를 그 땅에서 찾아볼 수 있어, 기대 이상의 수확을 얻은 기분이었다.

대륙 유람

　중국과의 교역이 주로 심양(沈陽) 지역에서만 10여 년을 넘자 넓은 대륙을 더 돌아다녀 보고 싶었다. 그러나 무작정 돌아다니는 것도 쉬운 일이 아니기에 장사를 겸해서 다녀 보기로 했다.

　남쪽의 상업도시 광주(廣州)에서는 매년 4월과 10월에 중국 상품 교역회(交易會)가 열린다. 수만 평의 대지에 10여 동의 전시관을 세우고, 중국 각 지방의 수출 상품을 전시하는 것이다. 거기엔 세계 각국의 상인들이 들끓었다.

　나는 그곳을 세 번이나 가 보았다. 중국말도 어느 정도 통했기에 거의 혼자 돌아다녔는데, 토산품을 상담할 때는 시간제로 통역을 활용했다. 전시장 앞에는 자기가 통역할 수 있는 외국어를 종이에 써서 들고 서 있는 사람들이 많아 시간제로도 비용을 지불하고 통역을 쓸 수 있었다. 내가 토산품에 관심을 가지고 본 것은 그 토산품의 산지인 여러 지방을 돌아다녀보고 싶었던 데에 이유가 있기도 했다.

상해에서 서남쪽으로 비행기로 한 시간 반쯤의 거리에 호남성의 성도(省都) 장사(長沙)와 그 아래에 상단(湘單)이란 작은 도시가 있다. 이곳은 중국에서도 유명한 대나무 산지이다. 상단은 모택동의 고향이라 그의 기념관이 있는데, 그 안에 호텔도 같이 있어 나는 거기에 투숙했다.

그 지방에서 제일 마음에 드는 것은 음식이었다. 그곳의 음식은 기름기 많은 북방 음식에 비하여 담백하고 맛도 있었다.

상단은 대나무 산지답게 각종 대나무 가공품을 생산했는데 내가 그곳에 간 목적은 대나무 마루판을 수입하기 위해서였다. 대나무는 외관이 아름다워 거실에 깔아 놓으면 매우 품위 있어 보였다. 나는 시험 삼아 보통의 나무 마루판 크기로 가공한 것을 한 컨테이너 분량 수입했다. 창고에 보관해 놓고 지정한 공사업자에게 판매했는데, 사무실이나 아파트 거실 등에 깔고 보니 역시 보기에 좋았다. 그런데 문제가 생겼다. 중국의 가정은 온돌이 아니라 벽 쪽에 라디에이터를 설치하기 때문에 문제가 없었는데 온돌인 우리나라의 경우는 겨울이 되어 방이 따뜻해지니 덜 마른 대나무가 이곳저곳에서 들떠 올랐다. 그러니 우리의 경우는 중국의 공장에서 완전 건조를 시켜 가공을 해야 하는 문제가 뒤따랐다. 그러자니 가격이 훨씬 더 높아져, 수지 타산 면에서 어려움이 있었다. 이 일은 결국 중단되고 말았다.

천진(天津)에서 차로 세 시간 정도 남쪽을 향해 달리면 안평(安
平)이라는 작은 도시가 나온다. 이곳은 철망 산업으로 유명한 곳
인데, 동리 사람의 80퍼센트가 철망을 제작하여 생활하기 때문에
일명 철망 마을로 부르기도 한다. 철망을 만드는 재료는 스테인
리스강 등 특수한 강철을 사용하는데, 아주 촘촘한 것에서부터
성긴 것까지 용도에 따라 다양한 종류의 철망을 생산하고 있었다.

이 도시는 넓은 평원 가운데 자리 잡고 있어, 산은 그저 먼 곳에
희미하게 보이는 정도였다. 시내는 사방으로 복숭아, 배, 사과
등의 과수원으로 둘러싸여 있었다. 이곳에 철망 직조기를 수 십
대씩 가지고 있는 큰 공장들이 여럿 있었다. 그런 반면에 안평시
외곽 지역에서는 각 가정마다 한두 대씩 직조기를 두고 철망을
직접 생산하기도 했다. 마치 예전에 우리나라의 시골 아낙네들이
집에 베틀을 한 대씩 두고 베를 짜던 것과 같았다. 그렇게 만든
철망은 가게에 내다 팔기도 하고 더러는 주문을 받아 만들기도
하면서 그것으로 생활을 이어가고 있었다. 안평 시내는 대부분이
철망 가게였다. 나는 한동안 이곳의 철망을 수입하여 창고에 저
장해 두고 공사업자들에게 판매했다.

길림성 연길에서 하얼빈 가는 방향으로 돈화(敦化)라는 곳이 있
다. 그곳에 임산 시험장이 있는데, 거기에서 각종 목재를 가공하
여 수출을 했다. 나는 그곳에서 참나무 마루판을 수입했다. 용도

는 주로 아파트나 사무실 바닥에 까는 것이었다. 나는 그것 역시 창고에 저장해 놓고 시공업자에게 팔았다. 그리고 일부는 을지로에 있는 건재상에 내 주고 위탁 판매를 시켰다. 그러고는 그즈음 너무나도 바빠 자주 들여다보지 못했다. 한 달이 지나 팔린 물건의 수금을 하기 위해 을지로에 나갔다. 그런데 이럴 수가! 건재상 주인은 내 물건까지 다 팔아먹고 행방불명이 되고 만 것이 아닌가.

나는 이것들 외에도 갈치를 사러 중국의 남쪽 해남도에 두 번이나 다녀왔고, 고사리를 사러 흑룡강성 북쪽에 있는 이춘(伊春)을 방문했다. 그리고 참깨를 사러 하남성의 정주(鄭洲)까지도 다녀왔었다. 이렇게 해서 중국을 다녀온 횟수가 백 번이 넘는다. 그 어느 때도 관광만을 위해서 다닌 적은 없었다. 그러다 보니 남들이 흔히 가는 만리장성은 사업상 일로 북경에 열 번째 갔을 때에야 관광을 했다. 백두산은 다섯 번째로 연길에 간 길에 올랐고, 서안(西安)은 철강 공장에 간 길에 진시왕릉을 구경한 것이 전부였다.

돌이켜 보면 내 인생의 한때가 중국 대륙 속에 녹아 있다. 나의 대륙 유람은 그렇게 일에 대한 열정과 뗄 수 없는 관계로 맺어져 있었다.

나와 바둑

바둑은 좋은 벗을 얻고/ 서로의 화목을 얻고/ 인생의 교훈과/
마음의 깨달음을 얻으며/ 천수를 누리게 된다.

이 기도오득(棋道五得)은 인간 생활의 진리요 교훈이다. 요즈음
나의 일과는 오전에는 특별한 일이 없는 한 글을 쓰고 오후에는
기원을 찾아 이 교훈을 음미하면서 정든 기우(棋友)들과 바둑판
위에서 시간을 보낸다. 평화로운 그 시간이 나에게는 곧 휴식이
고 안식이다.

내가 처음 바둑을 배우기 시작한 것은 해방된 다음해, 초등학
교 6학년 때였다. 형님들이 고향집 마루에 앉아 두는 것을 어깨너
머로 보며 동갑내기였던 사돈과 둘이 흉내 내어 바둑을 두어 보기
시작한 것이 그 시작이었다. 나에게서 바둑을 둘 만한 소질이 보

인다고 느끼셨는지 셋째 형님이 나를 불러 이따금씩 한 수 가르쳐 주셨다. 배워 익힐수록 바둑은 특별한 매력으로 어린 나를 끌어 들였다. 별로 놀 거리가 없던 그 시절에 바둑판은 나에게 흥미로운 세상이었다.

나이가 들면서 이래저래 한동안 잊고 살던 것을 다시 시작하게 된 것은 대학원 시절을 셋째 형님 곁에서 살면서부터였다. 처음 엔 내가 서너 점을 놓고 두었는데 어느 때부터인가 서로 적수가 되어 둘 다 바둑판 앞에만 앉으면 시간 가는 줄도 몰랐다. 형님은 나에게 바둑은 신사의 놀음이니 판 앞에 앉는 자세를 바르게 하고, 딴 생각을 버리고 정신을 바둑에만 집중시킬 것이며, 두는 동안 상대방의 기분을 상하지 않도록 예의를 갖추라는 등의 주의 말씀을 해 주셨다. 그 말씀은 지금도 잊혀 지지 않고 기억에 남아, 바둑판 앞에서의 예를 통해 세상을 사는 자세를 가르쳐 주신 것으로 기억된다.

내가 결혼 후 제금 나 살면서부터 부모님 제삿날이나 명절 때면 정릉 큰집에 일찌감치 모여 형제간에 바둑을 두는 것이 우리의 큰 즐거움이었다. 그런데 그토록 바둑을 즐기시던 형님이 몇 해 전 세상을 뜨셨으니, 지금도 명절이면 그 시절이 사무치게 그립다.

기훈(棋訓) 속에는 삶의 지혜라 여겨질 만한 교훈들이 담겨 있다. 인간 생활에서 상생(相生)의 중요성을 일깨워주는 "자기 집을

지으려거든 남의 집도 인정하라."는 말이나, '소탐대실(小貪大失)'
이란 명언도 바둑의 원리에서 유래된 것으로 알고 있다. 눈앞에
보이는 한두 집을 탐내다가 결국 대마(大馬)를 잃는다는 교훈이
다.

바둑은 처음 만난 사람이라도 몇 판 두어 보면 금세 상대방의
성격을 파악하게 된다. 성질이 급한 사람인가, 양보심이 있는 사
람인가, 오래 사귈 만한 사람인가 등을 분별할 수 있다. 물론 나에
대해서도 마찬가지로 상대방이 알게 될 것이니, 뜻이 통하면 서
로 좋은 친구가 될 수 있는 기회가 바둑판에서 만들어지는 셈이
다. 몇 번 서로 대국을 치른 사람은 급수야 상수건 하수건 길에서
우연히 마주치기라도 하면 그렇게 반가울 수 없으며 한동안 기원
에 모습을 안 보이면 몹시 궁금해진다. 이것이 바둑으로 만나는
세상의 생리이다.

바둑에는 패자를 배려해 주는 예의도 있다. 대부분의 경기는
우승을 하게 되면 상대방이야 낙담을 하건 말건 승리에 취해 환호
성을 지른다. 하지만 억대의 상금이 걸린 바둑 대회에서 우승을
해도 승자는 상대방보다 먼저 일어나지 않고 묵묵히 앉은 채 미안
함을 표시한다. 매우 신사적인 경기다.

그러나 바둑도 정도가 지나치면 탈을 불러일으킨다. 주위에서
는 기도(棋道)를 벗어나, 내기로 가산을 탕진하고 가정을 파탄시
켰다는 안타까운 사연도 들려온다. 나도 젊은 날 기도에 벗어난

일을 한 적이 있었다. 기원에서 처음 만난 이와 경쟁적으로 꼬박 이틀 밤을 새어 가며 바둑을 둔 적이 있었는데, 허기진 상태로 집에 돌아오자 갑자기 어지럽고 열이 나면서 그대로 자리에 눕고 말았다. 하늘이 정도(正道)를 벗어난 나에게 경고를 했던 것이다. 머리가 아프고 어지러워 책도 신문도 한 줄을 읽을 수 없었다. 병원 약과 한약을 먹는 외에, 병증이 나을 것이라 하여 소의 골을 생으로 먹어 보기도 했지만 낫지 않았다. 그렇게 거의 6개월을 앓았다. 절망스럽던 어느 날 형님이 귀한 약이라면서 마치 닭 삶은 국물 같은 것을 마시라고 주셨다. 그 국물을 이삼 일간 먹고 나니 머리가 씻은 듯이 나았다. 후에 나는 그 국물이 뱀탕이라는 것을 알았다. 그때의 일이 내 평생 기도에서 어긋나 본 처음이자 마지막 일이었다.

바둑은 낯선 사람과 쉽게 사귀게 하는 장점도 있다. 예전에는 지방 출장 중에 호텔 휴게실에 비치되어 있는 바둑으로 낯모르는 사람들과 몇 판씩 두기도 했는데, 그 재미도 나름대로 쏠쏠했다. 자투리 시간을 활용하여 여독도 풀고, 때로는 새로운 친구를 얻기도 했던 것이다. 해외 출장을 가서도 휴식 삼아 바둑을 두었다. 일본은 우리나라처럼 시내 각처에 기원이 있고, 회사마다 바둑판이 준비되어 있다. 출장 중 회사의 휴식시간이나 일이 끝난 후면 그곳의 기우들과 같이 바둑을 두었다. 중국에는 개인이 운영하는 기원은 전혀 없으나 호텔 등에는 바둑판이 상비되어 있었다. 20

여 년 전 한중 수교 후, 중국 광동성 광저우에서 국제 수출 상품 교역회(交易會)가 열릴 때였다. 나는 그곳에 네 차례 참가했는데, 그때 투숙하고 있던 호텔의 지배인과는 친한 사이가 되어 방문 때마다 바둑을 두었다. 그는 나보다 서너 점의 하수(下手)였지만 외로운 여정을 달래기에는 충분했다.

요즘 기원에 가면, 90여 세 된 노인들이 정정한 모습으로 가벼운 농담도 나누어 가며 바둑판 앞에 앉아 시간을 즐기는 모습을 흔히 보게 된다. 그 모습이 참 보기에 좋다. 바둑은 노년기의 정신 건강에 무엇보다 효과적이어서, 천수를 누리게 한다고 말하기도 한다. 왠지 외롭거나 마음 상하는 일이 생겼을 때, 또는 일이 손에 안 잡히고 지루할 때, 기원에 들러 바둑 두어 판 두고 나면 잡념도 사라지고 마음은 곧 안정된다.

바둑에는 국경이 없다. 게다가 남녀노소 누구나 같이 즐길 수 있는 신사놀음이다. 노년의 나에게 바둑은 참으로 좋은 동반자가 아닐 수 없다.

첫사랑을 만나다

    희미한 옛 이야기이다. 일제 강점기 시절, 초등학교 2학년 때였다. 교내 작문 발표 대회가 있어 한 편을 낸 것이 입상을 했다. 제목은 〈쓰레기 종이를 줍자〉는 것이었다. 학교에서는 그 작품을 다시 도대회(道大會)에 출품했고 그 글은 거기에서도 우수 작품으로 뽑혀 도에서 발간하는 소국민 신문(小國民 新聞)에 발표가 되었다. 그 시절의 어린이 신문이었다.

    어릴 적부터 문학적인 소양은 있었던 듯, 초등학교 1학년 때 5, 6학년의 국어책을 즐겨 읽었고, 진주사범학교에 다니던 둘째 형님이 방학 때면 집에 오셔서 가르쳐 준 일본어판 사범 한문(師範 漢文)인, '양약은 입에는 써도 병에는 이롭다.' 등의 몇 문장은 지금껏 기억하고 있다.

    중학교 시절이었다. 형님들이 읽던 역시 일본어판의 소설이나 시집을 뜻이야 이해하건 못하건 끊임없이 읽었다. 소설로는 〈전쟁과 평화〉 〈죄와 벌〉 등을 읽었고, 시로는 하이네와 괴테의 시집을 즐겨 읽었다. 고등학교 3학년이 되어 나의 진학 문제로 집안에서 의논이 있을 때 나는 인문계 대학에 가서 문학을 공부하고 싶은 마음이 있었다. 그런데 셋째 형님이 "문학을 하면 밥 먹기도 힘이 드니 공과 대학을 가라."고 하셨다. 나는 며칠을 두고 고민을 하였다. 그러나 형님은 아버지를 일찍 여읜 나를 길러주시다시피 하셨고, 나는 그 형님의 의견을 따르지 않을 수 없었다. 생각해 보면 그때 고등학교 교사였던 형님이 나를 돌봐주시면서 동생의 문학적인 소질과 성향을 모르셨을 리 없다. 하지만 대부분의 문인들이 겪고 있는 생활고와, 한편으로는 시대가 기술을 요구하는 방향으로 흐르고 있는 것을 잘 아셨기에 동생의 장래를 위해서 공과 대학을 권했던 것이다.

대학 시절, 문학에 대한 미련은 내 곁을 떠나지 않았다. 밤에는 공장에서 일을 하면서도 자주 글을 써보았다. 주로 공장에서 고생하는 공원들의 생활상과 더러는 고달픈 나의 삶을 묘사하는 글들이 시로, 산문으로 표현되었다. 기본적인 공부도 없이 생각나는 대로 썼기에 제대로 된 글이라고 할 수는 없었다. 그래도 대학 노트 페이지마다 빽빽하게 쓴 그 글들은 내가 문학을 할 수 있는 고리가 되어 준 셈이다.

사회에 나와 공장을 경영하면서 야간 대학에서 강의까지 하게 되니 시간은 더욱 없어져, 잡문이나마 글을 쓰는 일은 더욱 멀어졌다. 30대 후반에 이르러 공장도 안정되고 기술인으로서의 나의 위치도 굳어져 가자, 40대가 되면 시간의 여유도 생겨 문학 공부를 시작할 수 있으리라 마음먹었다.

그 당시 나는 공장 생활과, 그것을 통해 얻은 지식을 대학에서 강의하는 것이 무척 만족스러웠다. 그 일이 나의 천직이려니 생각했다. 따라서 공장을 떠난다든지, 개인적으로 사업을 벌일 생각은 조금도 없었다.

그러나 40대 중반이 되어 뜻하지 않게 회사 측과 갈등이 생겨 자의 반 타의 반으로 눈물을 머금고 공장을 떠나게 되었으니, 하는 수 없이 내 사업을 시작하게 된 것이다. 그러다 보니 공장에서 생활할 때보다 더욱 바빠져, 문학의 꿈은 멀어져 간 채 미련만 더 깊어졌다. 네 딸을 잘 기르기 위해서 아침저녁으로 뛰다보니 책 한 권도 읽기 힘들었다. 그러다보니 문학을 향한 나의 꿈은 50대 나이로, 또 60대 이후로 미루어졌다. 다행히 사업은 순조롭게 풀려 나갔다. 나는 경제적인 여유와 함께 마음의 여유를 찾게 되었다.

70대에 접어들자, 이제는 내가 손을 떼어도 사업상으로나 경제적으로 큰 문제가 없다고 생각되었다. 그러니 이제는 더 늦기 전에 가난해질까봐 싫다고 내버렸던 나의 첫사랑, 문학을 되찾고 싶었다. 만학이라기보다 노학(老學)이라고 해야 할까, 70 중반을 넘어서야 나는 평생 꾸어 왔던 꿈을 실현하기 시작했다. 드디어 문학의 마을로 들어선 것이다. 그리고 무엇보다, 나의 의욕과 열정은 아직 늙지 않았다.

시 낭송의 밤

입춘이 막 지나 아직도 창밖에 차가운 바람이 서성거리고 있다. 아이파크 문화원으로 향하는 발걸음에 설렘이 묻어 있다. 오늘은 시 낭송을 하러 가는 길이다. 그간 남들이 하는 것을 더러 들어보기는 했어도 내가 직접 낭송을 해보기는 오늘이 처음이다.

문화원이 가까워질수록 발걸음은 가볍고 왠지 환희의 송가라도 부르고 싶은 즐거운 심정이다. 그러나 한편으로 문학 마을의 관문에서 치르는 첫 신고식이니 잘해낼 수 있을지 걱정이 되기도 한다.

한평생 몸담아 온 기술계를 떠나 시의 마을에 들어 온 것은 지난해 늦은 가을이었다. 수소문해서 알아낸 동아문화센터를 찾아가 등록을 하고, 그 길로 바로 교보문고에 갔다. 아직 시(詩) 작법의 기초도 모르니 참고서를 사러 간 것이다.

서점에 들어서자 김소월, 정지용, 신석정 등의 시집이 죽 나열
돼 노학(老學)인 나를 반갑게 맞아주는 듯했다. 우선 기초 공부를
하기 위해서 두 권의 시 창작법과 한 권의 수필 창작법 책을 사가
지고 나오는데 진열장에 있는 수많은 시집들이 나에게 도움의 손
을 내밀어 악수를 청하는 듯했다.

　우선 시를 쓰기로 하고 무조건 신청한 시 강좌, 강사는 황송문
교수였다. 수강생은 남녀 10여 명인데 대부분이 등단한 기성시인
들이었다. 얼굴에 온화한 시정이 흐르고 있는 듯했다. 숙연한 심
정으로 앉아 있는 내게 그분들은 정감 있는 인상으로 다가왔다.
제2의 인생길인 문학의 마을에 들어선 첫인상은 평화로움, 그것
이었다.

　시를 써보기 전 한 달 동안은 선생님이 주신 문장론과 서점에서
사온 책으로 열심히 공부를 했다. 기왕 시작한 것이니 언젠가는
시집 한 권을 내고 싶었다. 책을 읽을수록 시 쓰기에 대한 어려움
이 느껴졌다. 그러나 온 집안 식구와 친구들에게 내가 시 공부를
시작했다는 소문을 내었으니 도중하차 할 수는 없는 일, 끝까지
열정을 쏟을 수밖에 없었다.

　마치 봄을 맞이한 농부가 쟁기, 삽, 괭이 등을 메고 논과 밭으
로 달려 나가듯 나는 시집과 노트, 연필과 지우개 등을 챙겨 손가
방에 넣고 회사와 집을 오가면서 날마다 몇 시간씩 시에 매달려
살았다. 개미떼가 겨울 준비를 하느라 쉴 새 없이 먹을 것을 물어

나르듯 시간만 나면 서점에 드나들면서 수집한 시집도 수십 권이 되었다.

한 달쯤 지났을까, 어느 정도 기초적인 이해는 가능하다는 생각이 들었다. 이제 나도 시 한 편을 써보고 싶었다. 처음으로 써보는 글이기에 옛 고향을 생각하여 쓰면 쉬우리라 생각했다. 제목을 향수(鄕愁)라 하고, 마음의 고향으로 한걸음에 달려 내려가 사립문을 드나들면서 쓰고 지우고 하여 마침내 한 편의 시를 완성시켰다.

읽고 또 읽어 보아도 내 딴에는 멋있게 느껴졌다. 그것을 선생님께 제출하여 그 다음 주에 수정한 것을 되돌려 받을 때는 자못 기대가 컸다. 그러나 이것은 수정된 시가 아니라 울긋불긋 피카소의 그림이었다. 붉은 볼펜으로 쭉 밑줄 그은 표시, 그리고 계단 표시, 돼지 꼬리 표시 등 내 원고는 붉은 색 잉크로 범벅이 되어 있었다.

결국 나의 첫 작품은 양복 정장에 넥타이 대신 대님을 매고, 모자 대신 갓을 씌워 놓은 셈이었다. 눈앞이 아찔하였다. 한참 후 마음을 가라앉히고 용기를 냈다. 초년생인 내가 단번에 시를 잘 쓸 수 있다면 온 천지가 시인뿐이지 않겠는가. 실망하지 않고 열심히 공부하면서 계속해서 몇 편을 더 써 보았다. 그 중 한 편이 선생님의 마음에 들어 오늘, 시 낭송의 대열에 서게 된 것이다.

낭송은 오후 네 시부터인데 나는 30분 일찍 도착했다. 낭송이 시작되었다. 수강할 때는 언제나 맨 앞자리에 앉았었는데 낭송 모임에서는 맨 뒷줄에 자리 잡았다. 어쩐지 자신이 없어 앞자리를 피하고 싶었다. 선배 시인들이 낭송을 하고 차례를 기다리고 있는 동안 좀 긴장이 되었다. 마치 시험을 치르기 직전의 심정이어서 이따금 숨죽여 호흡을 가다듬었다. 드디어 내 차례가 되었다. 단상에 올라 마이크 앞에 서자 사회자가 느닷없이 낭송 전의 소감을 물었다. 모두가 나를 응시하고 있었다.

소감을 말하려고 몇 마디 시작했는데, 예기치 않게 가슴이 벅차올라 눈시울이 뜨거워지고 말문이 막혔다. 뒤늦게 문학의 길에 들어서 반 년 넘게 시에 매달려온 나에게 희망을 안겨 주는 순간이라는 생각 때문이었을까, 감격스러웠다. 나는 마음을 가다듬고 시 낭송을 끝냈다. 모두 아낌없는 박수를 보내 주었다.

여러 날 잠을 설쳐가며 기다리던 시 낭송은 끝났다. 하지만 앞으로 넘어야 할 산들은 많이 남아 있다. 그 산은 금강산처럼 아름다울 수도 있고 히말라야 산맥처럼 험난할 수도 있을 것이니, 마음을 늦추지 말고 계속 노력해야 할 것이다. 무엇보다도 나의 제2의 인생길인 시의 마을에 보내 준 신의 축복에 감사한다.

마음속에 대나무를 그리며

거실을 서성이다 밖을 내다본다. 강산이 몇 번이나 변하는 시
간이 흐르는 동안, 어리던 나무들도 제법 굵은 아름드리가 되어
아파트 마당을 가득 채우고 있다. 얼마 전까지만 해도 울긋불긋
하던 나뭇잎들이 며칠 전 내린 가을비로 많이 떨어져 내렸다. 어
느새 가을이 지고 있다. 세월의 흐름이 참으로 숨 가쁘다. 맨발에
삼베 잠방이를 걸치고 소달구지 따라 뜨거운 자갈밭 길을 뛰어다
니던 때가 어제인 듯한데 이젠 아득한 옛 이야기가 되고 말았다.

팔순을 눈앞에 두고 지난날을 돌아보니 그동안 앞만 보고 열심
히 살아왔구나 하는 생각이 든다. 그러나 가족을 부양하고자 쉬
지 않고 일하고, 사업의 성공만을 위해 내달려온 삶이었을 뿐 세
상에 태어난 의미를 사색하며 주위를 살펴 돌아볼 여유는 전혀
없는 삶은 아니었던가.

70이 넘어 자식들도 다 제 자리를 찾아 보내고 새삼스레 내가 선 자리를 돌아보았다. 허전했다. 불현듯 지나온 내 삶의 궤적을 돌아보니 가슴속에서 하고 싶은 말이 너무도 많지 않은가. 내 삶의 새 이정표를 세우고 싶었다. 이때, 문학청년이었던 젊은 시절의 열기가 아직도 꺼지지 않고 미련으로 남아 문학을 향한 도화선이 되어주었다. 나는 글로써 내가 살아 온 길을 더듬어 보고, 황혼길에 선 내 삶의 이정표를 새롭게 하고 싶었다.

그동안 창작 공부를 하면서 글은 머리로 쓰는 것이 아니라 가슴에서 우러나서 써야 한다고 배웠다. 하나 황혼녘에 글을 쓰기 시작한 나는 조급한 나머지 가슴으로 쓰지 못하고 대부분 머리에서 그려내었다. 문학에 대한 열의와 의욕은 넘쳐 났으나 그것들을 가슴속에서 발효시키고 우려내어 글로 옮기기에는 남은 세월이 짧게만 느껴졌기 때문이다.

글을 쓰기 시작한 지 3년째, 먹고 살기 위하여 반백 년 동안 뛰고 달려온 가슴속엔 기름때 묻은 기계 소리만이 가득하였고 감성과 낭만은 메말라 있었다. 그러나 시간이 지날수록 오래 전 기억을 더듬어 첫사랑을 찾아가는 여정처럼 문학은 내 남은 인생의 마지막 의미가 되었다. 날마다 설렘과 기대가 나를 자극하고 일깨운다. 못 가 본 길이 더 아름답다는 어느 작가의 말처럼 문학으로 맺은 새로운 인연들과 남은 길을 아름답게 가꾸며 함께 가고 싶다. 글쓰기를 시작하지 않았더라면 아마 방향도 모르는 갓길을 헤매고 있었을 것이다.

이제 새롭게 수필 공부를 시작한다. 시가 삶에 열정을 일깨워 주었다면 수필 또한 남은 삶을 풍요로 마무리하도록 도와줄 것이다.

"성죽어흉중(成竹於胸中)", 마음속에서 먼저 대나무를 완성하라는 말이 있다. 이는 천 년 전 당송대가(唐宋大家)인 소동파(蘇東坡)의 창작이론이다. 화가가 대나무를 그릴 때에는 붓을 들기 전 먼저 그리고자 하는 대나무를 가슴속으로 완성한 다음 그것을 그리라는 뜻일 것이다. 이는 그림뿐만 아니라 문학도, 인생살이도 다를 바가 없지 않을까.

그래서 나도 이젠 연필을 들기 전에 가슴속에 글을 그리려 한다. 그 글거리를 찾아 그리움의 행선지로 추억 여행도 떠날 것이다. 유년의 뜰에서 분꽃 향내 배어 있는 어머니의 가슴속에 안기어도 보고, 뻐꾸기 울음소리 따라 정겹던 친구들과 찔레꽃 핀 언덕을 맘껏 달려도 볼 것이다. 고단했던 지난날의 삶, 대학시절 공장 합숙소의 젊은 꿈도 되돌아보고, 갈매기 날갯짓에 향수를 업혀 보냈던 시드니 항도 다시 찾아보리라.

시간을 되돌리면 추억은 항상 무지개로 물들고, 젊은 날의 나도 불러 올 것이다. 달콤하기도, 눈이 시리기도 한 흘러간 기억들을 불러 와 글을 쓸 것이다. 창밖의 늦가을 바람이 아무리 스산해도 가슴속에 그릴 추억이 있어 내 마음은 훈훈하다.

섬은 말이 없다

1판 1쇄 발행 | 2013년 5월 13일

지은이 | 황동기
발행인 | 이선우
펴낸곳 | 도서출판 선우미디어
등록 | 1997. 8. 7 제300-1997-148호
110-070 서울시 종로구 내수동 75 용비어천가 1435호
☎ 2272-3351, 3352 팩스: 2272-5540
sunwoome@hanmail.net
Printed in Korea ⓒ 2013. 황동기

값 10,000원

※ 잘못된 책은 바꿔 드립니다.
※ 저자와의 협의하에 인지 생략합니다.
※ 표지 및 본문 사진의 무단복제를 금합니다.

※ 이 도서의 국립중앙도서관 출판시도서목록(CIP)은 서지정보유통지원시스템
홈페이지(http://seoji.nl.go.kr)와 국가자료공동목록시스템(http://www.nl.go.kr/kolisnet)
에서 이용하실 수 있습니다. (CIP제어번호:CIP제어번호: CIP2013004358)

ISBN 89-5658-346-4 03810